又见 著

散文集

大地之眼

广西民族出版社
Gvangjsih Minzcuz Cuzbanjse

慧识甘泉写春秋

——《大地之眼》序

石一宁

与又见相识是从文字交道起缘。他通过微信先是给我传来三篇短篇小说，半个月后又传来六首诗，于是我知道他既写小说也写诗。二十多天后他又传来六首诗。那是2020年2月，新冠疫情汹涌袭来，又见这次传的六首诗都是抗疫题材诗。当时我正应广西民族出版社之邀主编《人间有大爱——抗击新冠肺炎疫情诗选》一书，选入该书的必须是已公开发表之作，遂从《文艺报》选了又见的一首诗，这首诗题为《我们和你肩并着肩》，诗句自然流畅，起伏有致，而其中有大情怀、大悲悯存焉。一个月后，又见再传来一篇散文，即后来发表于《民族文学》(汉文版)2020年第6期的《四泉记》。在《大地之眼》这本书里，又见将《四泉记》分成了独立的四篇:《兰阳泉涌》《董泉记》《状元泉记》和《乳泉佛心》。

阅读《大地之眼》,我首先感受到的是又见不凡的才华。就党政机关的本职工作而言,文学创作于他只能是业余中的业余,但他的这些散文作品却达到了相当高的造诣。作者对事物的描写,不急不躁,不慌不忙,白描、比喻、想象、抒情、渲染等手段交错穿插,络绎而来,其繁富,其气概,令人惊叹。信手拈来一段:"小心翼翼地登上石坝,细看江水旋流,海菜花则坚守根基所在,不落入俗套,不随波逐流,不妄自菲薄。只见那泛白色的花瓣,围拢着鹅黄色的花蕊,多像一个紧密团结的整体。无论水上还是水下,海菜花总是那么光泽透亮,张力十足,保持着优雅的姿态。叶子则长短不一,在水下温柔地舞动着优美的身姿。从河底淤泥里长出的花茎连着漂浮水面的花蕾,随着水流飘逸起伏,好像翡翠处处透着珠光宝气。往上游望去,海菜花铺满了河面,绵延约2公里,像天上的繁星,在幽蓝幽蓝的河水中忽闪忽闪着眼睛,尽情地彰显着顽强而不可阻挡的气势。"(《河流奔腾不息》)对于写作,又见气定神闲,下笔从容,认认真真,像一个辛勤的手艺人,不偷懒,不偷工减料,把活计做得扎实又工巧。散文技巧上的这些功夫,不只关乎作者的写作姿态，更是一种才华的显现。

《大地之眼》是热爱大自然的结晶。“诗人者，不失其赤子之心者也。”(袁枚《答定宇第二书》)“词人者，不失其赤子之心者也。”(王国维《人间词话》)清代诗人袁枚和近现代学者王国维分别化用孟子的“大人者，不失其赤子之心者也”语录论诗谈词。其实，写散文尤其是写关于大自然的散文，何尝不需赤子之心。有一颗遨游天地、与山川同廓、与万物共情的赤子之心，方可写出《大地之眼》诸篇佳章。“那水中的虾啊，或静默，或嬉戏，或随着水的流动到处游弋着，它们哪里知道，水中形形色色的螃蟹正在各个角落里蛰伏着。可这么细弱的水，还没等流到大江大湖就干枯在半道上了。看着这些比豆芽还要轻巧的虾子，那么的透明无瑕，像玻璃一样的冰线，真怕它们一不小心就被螃蟹掳走，消失在时光的阴影里。那些诸如鲤鱼的水中名秀已经去跳龙门了吗，只留下这么些小虾踟蹰流浪着，可又有谁知道它们内心深处的志向与追求呢?”(《解陋泉旧事》)“它是九寨沟最小的海子，像一颗玛瑙，玲珑剔透，散发着幽蓝幽蓝的光；像一颗翡翠，流光溢彩，呈现着碧蓝、橙红、天蓝、橄榄绿的色彩；像一滴丰盈的水，池底万物静静滋长，争奇斗艳，阳光下光影斑驳；像内心深处无以名状的幸福与悲伤，比如惊喜的浅黄，豁达的天蓝，悲情的暗红，无瑕的白，神秘的紫，亮出了生活多姿多彩的底片，都是人生最美的风景；又像个孩子，在大地的掌上，携梦入眠，我甚至可以听见他跳动的脉搏，平缓的气息，他梦幻般的童话世界，都是幸福最真的模样。”(《九寨沟的眼》)《大地之眼》中的这类文字，比比皆是，不胜枚举。品味这些优美而深情的文字，读者当能体会作者那对大自然的赤心挚爱。智者乐水，仁者乐山，其实水绕山，山傍水，山水相依是大自然的常态。热爱大自然的人，是智者也是仁者，既乐水也乐山。《大地之眼》是又见以自我之眼看天空大地、看山水田园而生出的欣悦与沉思。在这城镇化日益推进的时代，又见的这些亲近自然的美文令人心醉，令人勾起心底的丝丝乡愁。

这又是一部钟情于水，尤其专注于泉的书。在又见看来，泉水滋润着一方水土，是一方水土的吉祥，是“大地之眼”。又见对泉有罕见的痴迷。有泉不看，他甚至会有如此感受：“我心向往许久，每年都有十数次机会路过，也知道它(指武鸣灵水潭)就在那里，却未能有机会停留片刻。人生最大的憾事莫过如此——明明看得到听得见，却视而不见，不问长短，不管冷暖，与所谓的冷暴力和暴殄天物有何异？”(《灵水记》)如果又见笃信“读万卷书，行万里路”之古训，那么他“行万里路”的一个目的定是找泉看泉。他对泉水不仅看，还要“取”：“觉得这清澈透亮的泉水似乎飘忽着某种神秘的气息。想起这一带地方可能是舜与叔均巡行的地方，于是掬起一把泉水慢慢品尝，感觉清凉甘冽，沁腑醒神，心旷神怡。又腾空所有矿泉水瓶，再盛满泉水带回旅馆中，用来煮梧州最负盛名的六堡茶，才使这次旅行圆满，不至于虚此一行。”(《恩义如泉》)《大地之眼》中的大多篇章是关于泉的寻觅和游赏的描写。读完全书，让人不禁忖思，广西的名泉几乎被作者写完了吧？从这些作品中，读者首先是大大地长了关于广西名泉的知识。又见还搜寻史籍曾载而今已无痕之泉，《寻找重泉》一篇所写就是对已经消失的重泉的寻找：“听说古城宜州有一眼奇特的泉，叫重泉。其名缘于同等体积的重泉水比他处的泉水重。一打听，便被告知重泉隐藏在古城这片历经千年沧桑之后的土地中，早已难觅踪迹。沧海桑田，历史留给我们后人许多遗憾。这种遗憾里深藏着诱惑，这也成为我多次寻找和探看这处泉眼的动力。”……又见爱泉，所以对泉多有研究；因有研究，他写的泉，抓住了一眼眼泉与历史、与人文的关联，已超越唯美的景物描绘。他注重泉的生态美学，也注重泉的历史蕴含与人文意义。南宁青秀山北麓的董泉，本是一眼普通山泉，因明代董传策而得名。明嘉靖三十七年（1558年），刑部主事董传策因上疏弹劾奸相严嵩，被贬谪南宁。某日与友人游青秀山，发现此泉，并赋诗咏之。《董泉记》一篇，书写董泉的前世今生，亦呈现一幅沉重的历史画卷。《兰阳泉涌》一篇，描叙东兰县兰阳村的兰阳泉、巴盘泉、江中泉、友好泉等清泉流过沧桑岁月，让群山围护中的兰阳村活得自在而温润。兰阳村曾是500多年前东兰韦氏土司州署所在地，因此又见由泉而生发伸延至历史上的人与事，想起广西俍兵在抵御外侮的战斗中屡建奇功，有"中国第一雄军"之称。在近现代的革命斗争中，广西兵也有十分光彩的表现。东兰以及兰阳泉所在之地，有幸成为勇士出征的起点。东兰这片英雄之地是广西农民运动的发祥地、右江革命根据地的腹地，也是邓小平、张云逸、韦拔群领导右江革命斗争和举行百色起义的策源地。从这里走出了韦国清、韦杰、覃健、韦祖珍、覃士冕等5位共和国第一代将军。而今天的兰阳清泉，"让人从纷繁俗世中解脱而出，活在泉水里，活在每一个崭新而伟大、美好而丰盈的日子里”。

《大地之眼》诸多篇章，又见由泉及史，及事，及人，起承转合颇为恰切，提炼升华十分自然。字里行间，既充分彰显各地贯彻“两山”理论的丰富实践，又让读者强烈感受到生态文明之美和生态文化之光。

大地流甘泉，然甘泉不是深藏大山，就是常被熟视无睹。别具慧眼，方识甘泉；而识甘泉，写春秋，能合二而一者，又见之外不多见矣。

是为序。

2023年8月7日于北京

（石一宁，《民族文学》主编、编审，中国作协第九、第十届全委会委员）

目录

兰阳泉涌

都阳山脉在东兰县长江镇兰阳村回眸一笑，顿生眷恋，不仅将兰阳泉、巴盘泉、江中泉、友好泉等一潭潭清泉轻轻安放到这里，还让决天王山、巴盘山、坤达山、弄更山、凤凰山、勾胆山等大山围拢成莲花状，千百年来守护这里。

任凭岁月沧桑，有泉水从身体流过，从每一个普普通通、平平常常的日子流过，群山围护中的兰阳村活得自在而温润。

500多年前，这里曾是东兰韦氏土司州署所在地，也是曾经的俍兵故里。东兰土司以武起家，认为兵强马壮才能保护自己，很多壮家孩子年纪轻轻就去当俍兵，练就了一身武功。明代抗倭时，东兰俍兵的声威达到了鼎盛。郑若曾《江南经略》载："寇强民弱，非借俍兵不可。"《明代倭寇考略》云："时倭患已极，征四方俍兵、土兵剿之。"《明英宗实录》云："左、右两江土官地方，其俍兵素勇，为贼所惮。"明代邝露的《赤雅》云："俍兵鸷悍，天下称最。"明代胡宗宪《筹海图编》载："广西俍兵于今海内尤悍……东兰、那地、丹州之俍兵，能以少击众，十出而九胜。"《明史·兵志三》云："广西东兰、那地、南丹、归顺诸俍兵……宣力最多。"

明代俍兵是指壮族土司组建的地方武装。而《东兰县志》有"广西俍兵源自东兰，俍兵故里就在兰阳"的记载。

气势磅礴的决天王山，其名字本身就带有"决胜归来的王者之师"的意思。现今兰阳村山上还保存有广西最早的土司俍兵训练基地，防御石墙、跑马道、瞭望台、巡逻道、宿营地、壕沟等遗迹轮廓仍清晰可辨，跃马骑射、刀影枪刺、排兵布阵的盛大场面仿佛就发生在昨天。

在中国乃至东亚战争史上，广西兵自古有"兵如狼，将如虎，中国第一雄军"之称，秉承"其兵可死而不可败"的坚强意志，气势如虹，屡建奇功。明朝，倭患横行而官军不能制服，朝廷征调东兰、那地、南丹等地俍兵加入抗倭。其中东兰第22任土司韦正宝、韦虎臣父子率兵马响应，韦正宝在抗倭战争中战死，韦虎臣戴孝继续作战，连战连捷，打得倭寇全军覆没，获钦赐"哀孝忠勇"匾额。广西俍兵始得威名。同时期的归顺州（今广西靖西市）土官之女瓦氏夫人多次率广西俍兵到东部沿海抗倭，被嘉靖皇帝封为二品夫人。明末，袁崇焕取得宁远大捷，1万多名广西俍兵打败努尔哈赤的13万名铁骑。太平天国起义，凭借3万名广西兵，横行大半个中国。清政府对外战争唯一一次大败法国军队，取得镇南关大捷，靠的就是广西兵。民国北伐时期，广西兵所在的第七军被称为“钢军”。之后的飞夺泸定桥、平型关大捷、台儿庄大捷、四平攻坚战等重大战役都有广西兵的身影。彭德怀元帅曾说：“广西猴子是桂军，猛如老虎恶如狼。”

而东兰以及兰阳泉所在的地方，有幸成为群英际会和勇士出征之地。革命战争年代，东兰这片英雄之地是广西农民运动的发祥地、右江革命根据地的腹心地，也是邓小平、张云逸、韦拔群领导右江革命斗争和举行百色起义的策源地。这里英雄辈出，走出了韦国清、韦杰、覃健、韦祖珍、覃士冕等5位共和国第一代将军。

如今的兰阳圩，曾经的土司旧地和俍兵团练处，有泉水轻柔穿过。泉清树绿，红墙灰瓦，小桥连着溪岸，溪水连着每一户人家，与各家各户打个照面后，一路轻淌向村外，一头钻进稻花香里，与从纳洪村而来的溪水在村头相会，注入3公里之外的红水河，流向更遥远的彼岸。

街圩伴水走，水扶街圩行。漫步圩巷中，仿佛置身于江南水乡里。也许，它就是江南水乡故意遗落的一股泉流、一条巷道。沿着溪水继续进入兰阳圩深处，穿过古老的巷道，一汪清澈的泉水赫然入目。妩媚的泉水清澈透明，水深1米左右，目光可直抵泉底，谁看了都想掬起一捧放进嘴里。绿藻在水底微微地扭动着纤细的腰肢，小鱼在水藻间尽情地嬉戏。

它就是兰阳泉。泉井约7米见方，被条石砌成两个方形的水池，一内一外，泉流相通。靠里的井池为泉眼处，清澈的泉水从潭底的石缝间悠悠涌出，水面隐隐泛起一圈圈的漩涡。

泉眼上边有两棵巨型古树覆盖。一棵是香樟，树形雄伟壮观，枝繁叶茂，散发着淡淡的清香，可以驱除蚊虫。另一棵是笔管榕，树冠开展，浓荫覆地，把整潭泉水庇护得严严实实。虽然树兜被条石和泥土围住了，但地底下一定盘根错节，构筑成泉眼坚固的保护网。

古树下有座神庙，供奉着土地爷和水神。逢年过节，各家各户携带酒肉到庙里祭祀，有时候还在这里举行盛大的对唱山歌活动。兰阳泉就这样，默默见证着壮族民间最原始的信仰和最古朴的民俗民风。

和许多地方一样，自古人类遇水而安，择水而居，临水而聚。兰阳泉成就了如今的兰阳圩，也成就了曾经的州衙署治所。

《东兰县志》记载，宋皇祐年间，韦景岱随大将军狄青大败侬智高，率师跟踪侬军残部，沿红水河而上，进入木兰峒（今广西东兰县长乐镇坡豪村），后于都彝山下坡豪附近设安抚司署，据险戍守。至宋崇宁年间，韦景岱的孙子韦宴闹在坡豪设州署，乃东兰州治之始。后来，韦宴闹发现兰阳村这一带山环水抱，又有莲花状的群山围护，泉流四季不竭，村民旱涝不惧，于是将州府从坡豪迁往兰阳村，兰阳村便成为东兰新的州治所在地。明史记载："宋时有韦君朝者，居文兰峒为'蛮长'，传子宴闹。崇宁五年（1106年）内附，因置兰州，以宴闹知州事，俾世其官。元改为东兰州，韦氏世袭如故。"

元代，兰州改称“东兰州”。到明成化年间，州治才迁到武篆镇的旧州屯，明嘉靖年间迁到现在的东兰县城。近几十年来，兰阳一直是乡政府所在地，直到10多年前的一场轰轰烈烈的乡镇撤并，才并入了长江镇，成为如今的一个村。

兰阳州署历经宋、元、明3朝16任土司369年，韦氏先祖们在这里度过了东兰土司建署以来将近一半的时光。

现今的兰阳村还保存着土司的遗迹，一堵旧墙、衙门遗石、土司古墓长眠在历史的长河中，偶尔会勾起人们对那段过往岁月的记忆。

走在兰阳街头，偶尔能在房前屋后发现一些石墩，虽然年代久远，但可看出这些石墩都雕刻有精美的图案，据说这些就是东兰土司在兰阳建州署时的建筑遗物。

村民韦家万的家中，存有一个石墩，这个石墩上部有一个凹坑，四面各雕刻着一种动物，可以看得出来分别是马、羊、猪、鹿的图案。这些石头在当地人记忆当中早就存在，但具体历经多少年月，已无法考究。

像兰阳村这样的壮族村落，过去人们建木房子，就是用很多个这样的石墩子做墙基，在上面竖起顶梁柱，再用木头把这些柱子架构起来，围上木片或泥砖，盖上瓦片，就搭成了房子的基本框架：一层居牛羊，二层住人，三层置粮食。如今这里到处都是钢筋混凝土结构的小楼房，有些还铺设有仿古砖瓦，千篇一律。

尽管盖了小洋房，傍着清泉的兰阳街圩还是藏不住它别有的风味。

充盈着泉水气息的老街巷，清爽、湿润而明净。染成五颜六色的花糯米饭，夹着一块肥亮透明的腊肉，用手捏着吃上一口，味道香糯，肥而不腻，老土司的记忆全进了嘴里。

巷子里的兰阳人热情好客，心怀那种“能饮一杯无”的情愫，像一瓶瓶有年份的东兰高山墨米酒，打开瓶盖，一股绵长的醇香便飘逸而出，让人心心念念而数月不忘矣。

在兰阳，泉水泡茶是少不了的事。呷一口用泉水泡的大碗茶，茶香四溢，唇齿间流淌的全是兰阳泉的味道。

山歌是兰阳泉最初的韵味。每年农历三月初三，来自东兰、巴马、凤山、天峨、平果等各方的山歌手带着自家的传世铜鼓，相邀聚会于兰阳泉边，举办盛大的山歌争霸赛，推选自己心目中的年度歌王、歌后，或举行古老的铜鼓舞表演，或集体祭祀社王和水神，共同演绎一场壮乡文化盛宴。因“兰阳泉歌圩”这块品牌，长江镇被列为广西山歌传承基地。

兰阳的铜鼓和它的山歌一样久负盛名，都在传扬着千年不老的天籁。仫佬族作家何述强到访过兰阳，他在《一生中总要走近一口清泉》一文中写下的一段话，让我深深震撼：“兰阳很可能是东兰铜鼓最多的地方，我曾经在县城访问过一个收藏有10多面铜鼓的老人，他叫韦万义。我跟他有过两次交谈，他向我展示了他收藏的铜鼓，向我讲述了铜鼓的故事。他那里有一面红铜鼓。他的叙述里出现了兰阳这个名字，似乎它的收藏跟兰阳密切相关。我从他那里得知，1958年大炼钢铁的时候，兰阳在一天内砸烂了200面铜鼓，整整用7辆大卡车拉走。可想而知，兰阳一带的村落原来收藏有大量铜鼓。每个村庄都有铜鼓，没有铜鼓的村庄被称为‘冷乡冷土冷族’。也就是说，有了铜鼓，一切都会热起来，铜鼓敲击的声音就会让整个村庄、整片土地、整个族群瞬间热起来。所以，铜鼓成了维系乡土、维系村庄、维系族群的一个重要的器物。这次在榕树脚下看到的几面铜鼓，延续了这个血脉。铜鼓除了声音清越，还有着丰富的图案，造型大致相同，图案不同。鼓面、鼓身均有图案。除了太阳十二芒，还有翔鹭、武士、羽人、十二生肖等图案浮雕。最常见的还有青蛙，有些大青蛙上还背着小青蛙。这些是大家留意到的图案，被人忽略的是铜鼓里面的图案。这些图案有马匹，也有人物，线条简洁流畅，活泼通俗，与铜鼓面的浮雕图案厚重的风格不太一致。如此说来，铜鼓既有庄重的一面，也有欢快、调皮、生动灵活的另一面。”

兰阳铜鼓只是东兰铜鼓的一个缩影。全世界馆藏传世铜鼓有2400多面，其中我国馆藏有1400面，广西馆藏有900多面，而东兰占538面。“世界铜鼓在中国，中国铜鼓在广西，广西铜鼓在东兰！”饮誉中外的东兰铜鼓永远熨帖着老区人的心。

漫步在错落有致的古老村圩，一边听着清灵的山歌，一边品着清灵的泉水，踩一踩凉凉的青石板，整个身心好像都沁入兰阳泉水，舒适而安然。把金樽盛上美酒，碰杯换盏间，千古风流尽杯中。此时的泉水和山歌相互应和着，彼此深深爱恋。泉水滋养了山歌的灵性和风雅，山歌荡漾在泉水上，边行走边吟唱，不知不觉忘了回家的路。

而时光，在这莲花形状的群山环抱里，在一潭清澈的泉水边，留下了美好的印记——让人从纷繁俗世中解脱而出，活在泉水里，活在每一个崭新而伟大、美好而丰盈的日子里。

河流奔腾不息

每次经过都安瑶族自治县都绕不开一条河流，它的神秘，它的壮美，它的豁达，都让人无比沉醉。这是一条迎面而来的河流，一条开满鲜花的河流，一条奔腾不息并充满神奇力量的河流——澄江河。多少生活于斯的大山儿女，沿着这条河前行，抵达山外更宽广辽阔的世界。

探访一条河，有许多方式。而我这次沿210国道，从金城江南下，一路伴着“这里的山路十八弯”的旋律，走进了越来越聚拢高峻的大石山。公路两边连绵的山峰，挺拔直上，刺破云天。汽车在山间公路上奔驰着，好像走进了一片远古的石林。几番盘旋，抵达大兴镇政府所在地，驶入澄江河谷，大路右边一汪清澈的泉潭映入眼帘，湛蓝的水面在四周青翠的石山映衬下显得格外纯净，宛若一块通体透明的碧玉，静静地安放在仙境里，令人怦然心动，悠然神往。

这就是澄江河的源泉。大兴这座古朴的小圩镇，除了坐落有致的街区民房和青翠欲滴的群山，就是这让人心头一亮的澄江河源泉了。

泉潭和溢满后形成的澄江河究竟有多美？那是一股蓝幽幽的地下溶洞泉流，地下水从深不见底的洞中源源不断地往上涌，然后四下漫延，形成这一汪百米见方的葫芦状清潭。都安境内有许多这样的溶洞相互连通着，形成了广西规模最大的地下河网。其中作为地下河主流的地苏河，发源于重峦叠嶂的大化瑶族自治县七百弄喀斯特丛峰地貌腹地，从地下自西北向东南流，从东庙乡的巴独山出发，蜿蜒前行，一半在都安县城融入澄江河，一半在地苏镇的青水村注入红水河，全长约57公里，落差342米。整个地下河道则呈树枝状分布，大部分河水在地下30—80米处流动，水旺时节则从其中的多个天窗漫出，在地表形成季节性河流。澄江河则完全不同，是一条奔腾的长流河，个中缘由着实让人好奇。如今，它依旧笼罩着神秘的面纱，令许多潜水爱好者怦然心动，慕名前来。

澄江源泉溢满后，宛如一抹青烟，从葫芦口飘逸而出，在青翠欲滴的群山之间盘旋迂回，穿过炊烟袅袅的壮乡瑶寨，缓缓流向远方，为这四周冷峻威严的莽莽峰峦增添了几许生命的律动。

这就是澄江河。它从大兴镇九顿村发端，两岸树青草绿，河流盘旋着向南流经大兴、高岭、安阳、澄江四个乡镇，横穿县城后，在澄江镇红渡村与千里而来的红水河际会，全长42公里。由于河岸多为平川岩溶地貌，河道相对平缓，水流缓慢，水中泥沙极少，清澈碧绿，如同高原湖的水一般纯净。江水一路向南，展现着一幅幅壮美的画卷。

这是一条会开花的河。从源泉下游约1.5公里的地方开始，几十米宽的河面，海菜花怒放水中，朵朵花儿错落有致，黄白相间的花瓣，在青山蓝天的陪衬下更加娇艳欲滴，微风远远拂来花儿淡淡的清香，每吸一口气都是自然的芬芳，让人沉醉不知归路。靠近河岸下车，沿江漫步，满眼尽是花的海洋，一朵朵，一簇簇，那样的洁白，伴着江流在微微招展着，好像清澈的河面下隐藏着无数个婷婷袅袅的少女，捧着鲜花探出水面，拖着长袖起舞，热情地招呼着每一位山外的来客。

“这海菜花是澄江河名气最大的花。”随行的朋友自豪地说。海菜花是一种多年生沉水草本植物，可生长在4米的深水中，它的根生长在河泥里，叶不露水表，只留洁白在人间。如果说莲花“亭亭净植，出淤泥而不染”，那么海菜花则是另一番品格——白天自信地探出水面，晚上则低调地沉入水中。它生长的范围极小，因为它对环境要求实在太高，对温度、湿度、日照，特别是水流环境，要求苛刻，所以只分布在广西都安、德保、靖西及云南大理等一些生态环境较好的地方。我们欣慰地看到，澄江河流域已建成国内唯一集河流湿地、城市湿地、农耕湿地于一体的喀斯特地貌国家湿地公园，本来只可春秋两季盛放的海菜花，在这里却能四季清香四溢，人们天天都可以看到这条河流穿着华美的衣裳。这是此地的骄傲，也是常年保护生态环境的回报。当然，最重要的还是这条河所涵养的绿色生态元素与群山相互依存，与山里人相濡以沫的深厚情感。

不知不觉中，水声渐大，我们走到了响水关。一道水坝横截江流，致使水至关前跌宕起伏，奔腾的流水犹如无缰的野马，急泻而下，形成了一挂宽约50米、落差约3米的瀑布。泉帘击石间，飞珠溅玉，响声轰隆，数里之外可闻其声。响水关的名头应源于此吧。当地人说响水关还有一个名字叫“响泉夜月”。我不由想起经典二胡名曲《二泉映月》演出时的那种无与伦比的深邃意境和独特魅力。想想响水关前，月明星稀之时，月光如银照江流，风里花月相辉映，崇山峻岭间传来美妙的声音，动如“鱼龙潜跃水成文”，静若画里“人来鸟不惊”，有声有色，典雅惊奇，此等情境配得上世间一切美好的音律。

小心翼翼地登上石坝，细看江水旋流，海菜花则坚守根基所在，不落入俗套，不随波逐流，不妄自菲薄。只见那泛白色的花瓣，围拢着鹅黄色的花蕊，多像一个紧密团结的整体。无论水上还是水下，海菜花总是那么光泽透亮，张力十足，保持着优雅的姿态。叶子则长短不一，在水下温柔地舞动着优美的身姿。从河底淤泥里长出的花茎连着漂浮水面的花蕾，随着水流飘逸起伏，好像翡翠处处透着珠光宝气。往上游望去，海菜花铺满了河面，绵延约2公里，像天上的繁星，在幽蓝幽蓝的河水中忽闪忽闪着眼睛，尽情地彰显着顽强而不可阻挡的气势。

一条碧绿的河水，一挂响声如雷的瀑布，让这群山里浑然不动的叠嶂青峰平添不少灵动的气息。

大自然有时赐予人们小桥流水，但有时也会暴跳如雷，甚至留下怪石险滩、穷山恶水。河的两边尽皆山峦，挺拔巍峨，青翠的草木间露出险峻的悬崖绝壁。“连峰去天不盈尺，枯松倒挂倚绝壁。”(《蜀道难》) 偶尔会见到几只山羊在山坳间攀爬或吃草，如洁白的鲜花在山间飘动，那是大山深处少有的一点生命气息。桂西地区的这种喀斯特丛峰，这种绝壁悬崖，这种奇异的流水和“鲜花”，给这里的村村落落平添了不少威严和神奇，也带来了贫瘠和苦难。

河流周围近百里，峰丛林立，岩石嶙峋，石山的后面还是石山，群山之间坐落着约1500个山弄，涵盖都安、大化两个瑶族自治县大部分地区。当地的干部总结为“九分石头一分土”，土地“碗一块瓢一块，一顶帽子盖住一大块”。到处是石头，但石头下面没有矿。山上种不了树，只能任凭杂草丛生。下雨留不住水，雨水渗入地下溶洞，还会把泥土冲走。

生长在一个物资极度匮乏的环境里，精神可能成为唯一可慰藉和倚靠的力量。而人往往是“生于忧患而死于安乐”。《孟子》云:“天将降大任于斯人也，必先苦其心志，劳其筋骨，饿其体肤，空乏其身，行拂乱其所为，所以动心忍性，曾益其所不能。”我们看到，居住在澄江河两岸大山深处的上百万壮族、瑶族同胞，长期在石头缝隙间抠土耕作，与大山共存，与石头共舞。他们学会了用石头堆成房子，用石头砌成水柜，用石头铺成进山公路，把天堑变成通途，凿出一条条“石山王国”的天路，创造了一个个人间奇迹，彰显了澄江河两岸人民不屈的精神。

这山山岭岭，险峻地势与绝美风景相生相伴，好像藏着龙卧着虎。正如清代词人项鸿祚的《壶中天十首·其三》云："井沸生澜通海气，中有老蛟愁卧。"千百年来，这里的孩子们捧着"奋斗万岁"的信念，动心忍性，吃苦争气，像澄江河流水那样，志在沧海。县里每年都有十数个学子考上清华大学、北京大学等高等学府。八桂大地，大江南北，到处都有澄江河两岸的山里人奔波奋进的身影。他们的经历证明，一个人或一个地方的未来怎么样，不是靠运气和环境，如果现状不如人意，总可以想办法去改变，穷则变，变则通，勤劳和奋斗才是最好的办法。

澄江河过了响水关进入高岭镇，汇聚了从太阳村方向流淌而来的几条涓涓溪泉之水，积蓄了前进的力量。澄江河一路向前，进一步见证了山里人敢叫高山低头的豪迈激情和奋进精神。

"莫言下岭便无难，赚得行人空喜欢。正入万山圈子里，一山放出一山拦。"(《过松源晨炊漆公店》)这里的山形水势正如杨万里所云。顺河而下，到了澄江河畔的巴谭村，那是都安人大战"石海"的地方。都安县城之北3公里处，凸起嶙峋乱石，没有土地可以耕种，群众称之为"石海"。这片稍微宽敞的土地上，留下了都安人太多的记忆。20世纪六七十年代，都安调集上万人，设4个战区，劈石造田，苦战这片"石海"，历经4年，终于平整出3700多亩耕地。都安瑶族自治县因此被列为全国"农业学大寨"先进县。当时有一句口号："都安学大寨，大寨学都安！"在那激情燃烧的岁月，全国各地的人络绎不绝地到都安参观取经，几乎天天有新闻报道此事，有时候《广西日报》整版报道的都是都安的事。当时有人开玩笑说："这哪里是《广西日报》，简直是'都安报'！"

如今，"石海"所在的地方，是一片湿地公园，这里有节节拔高的山竹，水中倒影的怪石，烂漫的野花，寄生息于荇藻中的小鱼，草木间自由飞翔的白鹭，好一幅灵动的山水画！公园边是澄江河畔，崭新的异地扶贫移民搬迁新村拔地而起，从大山里走出来的人们，沐着远远飘来的海菜花清香，悠闲地漫步，记忆深处一定涌起淡淡的乡愁，那是对过往艰辛的回想和珍藏。

常常，我们为这样的情景鼻子酸楚，心潮涌动：在都安，好多个只有几户人家的山弄，他们在多年前就用自己的双手在绝壁上抠出了一条通往山外的机耕路，传递着对人生的那份热爱、那份执着和那份希望，犹如凤凰涅槃般地在那片山旮旯里站了起来，而不像一些人听天由命，甚至等、靠、要；在某处街边，一个手脚不便的人正在摆着地摊，卖些蔬菜、红薯、芝麻、黄豆等自种的土特产，看起来好像十分辛酸，但一个人通过自己力所能及的劳动能解决日常生计问题，本身就是一件很有成就感的事，而不像一些四肢健全的人好吃懒做，甚至以乞讨为生……每一个努力的灵魂都值得尊敬！

无独有偶，面对滔天洪水，有人选择逃避，躲到虚设的"诺亚方舟"里，而我们这个民族则行大禹治水之举，面对灾害，迎面痛击。在《山海经》中，"洪水滔天，鲧窃帝之息壤以堙洪水，不待帝命。帝令祝融杀鲧于羽郊。鲧复生禹，帝乃命禹卒布土以定九州”。在《圣经·创世纪》里，上帝指示诺亚一家人建造“诺亚方舟”，确保人类和生物的繁衍生息。这次新冠疫情席卷全球，有的人还是遵循“诺亚方舟”法则，坐等群体免疫或特效药，而我们的民族则秉承大禹治水之风，把抗击疫情的主动权牢牢掌握在自己手里。

“青山遮不住，毕竟东流去。”(《菩萨蛮·书江西造口壁》)蜿蜒流淌的澄江河笼罩着薄雾，总以独特的方式掠过似墨如黛的两岸青山，像流动的古青色银丝绕过半边县城，穿过永济桥遗址，奔流10公里，到澄江镇红渡村与红水河相汇聚的地方，又留下了一段人文胜景——龙颈银涛。有一酷似巨龙张口的深潭，锁在河道里，收纳澄江来水，让江水在另一端潭口流出。不远半里许，有一怪石横跨江上，江底又有一石峡关锁，如龙探颈，揽住澄江，让清波通过颈下而流，故名“龙颈”。每当汛期，大水泻下，急穿峡口，响声如雷，汹涌震天；水花四溅，如白花花的银子，光彩熠熠，雄奇壮观，故名“龙颈银涛”。通过峡口的江水泛起阵阵波澜，翻滚着倒入红水河中。此情形正如邑人所疑：“雷神擂战鼓，猛虎斗蛟龙。试望滩头水，身在万籁中。”秋冬季节，水位则下降，可下潭捉鱼，可登峡探奇，其间潺潺流水映着日光，显得格外绚烂，身临其境，犹如探访水下龙宫。20世纪末，都安在龙颈滩头上游建起了龙颈电站，让瑶乡的这条母亲河不断地“放电”，永葆光明的信条。

澄江源泉的贡献不仅于此。两岸农家乐的菜肴有土鸡、土鸭、瑶山腊肉、黑山羊、水豆腐、野菜等，尽是就地取材。每次路过都得向农家乐提前预约餐位，才能品到佳肴。河里盛产的各种小鱼，汤蒸煎焖皆宜，特别是一种野生鲶鱼，清蒸，不放油盐，味道特别鲜美。澄江河就是这样慷慨，通过水利渠道，源源不断地为周边的稻田提供灌溉用水，使河谷的乡亲们都能吃上香香的大米。在“九分石头一分土”的大石山区，那是多少人梦寐以求的奢望。乡亲们还把河水引入自家池塘，养鱼养鸭，家家户户常常飘来别处人家没有的原汁原味的肉香味。

回望澄江源泉，来路曲折迂回，大山深处各族同胞奋斗的身影仍历历在目，我又仿佛看见了一条通向光明的康庄大道。于是，我们看到了河池人削低山头，填平沟壑，建成了被称为“悬崖边的山顶机场”。我们看到了河池人在一片崇山峻岭、沟壑纵横的坡坡岭岭中，推土削山，开辟出2万多亩的平地，硬生生地把一个大任产业园区给“逼了”出来。我们看到了14亿多人民用自己的双手战胜一个又一个困难，创造一个又一个奇迹，在短短的5年时间内上亿贫困人口实现脱贫，让世界上人口最多的国家彻底消灭了贫困……这里，每一天都在演绎着“逢山开路，遇水搭桥”的品格意志，每一天都在展现着“雄心征服千层岭，壮志压倒万重山”的豪迈气概。

这深山万弄里的一个个弄潮儿，积淀着深藏于骨子里的那份坚强、那份勇气、那份力量和那份自信，从这里出发，像澄江源泉厚积大山大地之水而薄发成流一样，一路冲过响水关，大战“石海”，鱼跃龙颈，收获着人生的鲜花和掌声，驶向大江大河，直至辽远而广阔的大海。

黄帝手植柏，愚公移大山，都安战“石海”，14亿多人民鏖战贫困，携手奔小康，实现四个现代化。这一丝一缕，都是一个民族勤劳勇敢、自强不息的伟大精神之生动写照！正如一条奔腾不息的河流，像澄江河一样无所不在，深深震撼着我们每一个人。它好像奔腾着的千万匹战马，从大地腹地深处源源不断地积蓄着前进的力量，翻滚盘旋着冲出地下溶洞，然后形成泉流，一跃千里，气势如虹，生生不息。

不觉间，一种感动油然而生，温暖如春。

澄江源泉，晶莹清澈，一路鲜花迎放，展现着奋斗者的风采！

澄江源泉，充满神奇和力量，从大山腹地奔涌而出，通达江海，让每一个奋斗者都有人生出彩的机会！

澄江源泉，已深深融入历史长河，让一方水土在磨砺中更加厚实，让一个古老而伟大的民族在苦难中走向辉煌！

董泉记

董泉位于青秀山北麓的半山腰上，离邕江不足300米。从水月庵正门出来不远，上一段斜坡，在撷青崖南侧，有块写着“董泉”二字的指示牌，沿着古道往下走，过一段蜿蜒崎岖的石板路，便可见到一座亭子、一处旧字和画了一个箭头的石头路标，亭子下方就是董泉了。

撷青崖这一带曾是佛教寺庵云集之处，地势雄壮，卷石嶙峋，山路蜿蜒曲折，林木苍翠茂盛，把地面遮掩得严严实实的，有点幽静清凉。撷青崖刻有“阴阳先生过化之地”八字。志书说崖下还建有普贤庵、孤独庙（也叫青山寺）。传说崖顶曾有仙人炼丹，现今炼丹岩上“金刚三昧”的摩崖刻字仍保存完好。这地方很少有人光顾。所以董泉原先也只是一眼普通山泉，没有人知道它的存在，连个泉名都没有，直到机缘巧合让它遇到了一个重要人物。

此人便是董传策（？—1579年），松江府华亭县（今上海市松江区）人，明嘉靖进士，授刑部主事。明嘉靖三十七年（1558年），董传策上疏弹劾奸相严嵩，慷慨激昂地表示“陛下诚不惜严氏以谢天下，则臣亦何惜一死以谢权奸”，引起世宗震怒，横遭迫害，被贬谪南宁。南宁古属百越之地，东晋建晋兴郡，为郡治所在地，南宁建制从此发端，至今已有1700多年的历史。唐贞观年间设邕州都督府，南宁的简称“邕”便由此而来。元泰定元年（1324年），邕州路改名南宁路，有“南疆安宁”之意，此为南宁得名之始。到董传策被贬谪南宁时，南宁之名已有230多年的历史。

董传策一路南下，畅游山水，留下了《全州大雨》《游桂林诸洞岩记》等名篇。抵南宁时，映入眼帘的是南宁东南郊一座拔地而起的青山，连绵邕江边数里，草木苍翠，满目葱茏，其形宛如凤凰展翅，这便是青秀山了。青秀山地处邕江畔，总面积约4平方公里，主峰海拔289米，在明代即为南宁八景之一。《古今图书集成·职方点·南宁府部》载：“青秀山，一名泰青峰，在城东二十里。嵯峨秀拔，障邕之水口，拱揖望仙、白塔。”顾不上旅途劳顿，董传策立马登山赏光，足足游了9天。其在所作《青秀山记》中惊呼：“（青秀山）广袤几数里，厥背负阴，厥面迎阳。厥阴介陆，厥阳临江。客游舟而马者，良便云。山势自东南来，连亘西北，迤若蛟蟠，矫若凤翔。”从朝中被贬外放，董传策原本心情悲凉复杂，然徜徉山水间，异域一样的广西风物，使他对文字的狂热重新得到激活。在茫然失措的辗转反侧中，董传策以文字取暖，自得其乐，精神找到了皈依。沿途所见所闻，都被董传策收进了《奇游漫记》一书中，给广西这样一个被历代朝廷冠以“蛮荒”之称的地方增添了不少人文色彩。

董传策在青秀山寓居10年，虽属贬谪身份，但官民对他崇敬有加。

一天，董传策与友人到青秀山游玩，发现有泉水从石中出，水质清澈微甜，于是取名“混混泉”。为方便取用，董传策让人凿一石龙头，置于泉口处，让泉水从龙口流出，所以此泉也称“龙涎井”。山泉潺潺，源源不断，终年不涸。董传策很喜欢，常常流连忘返于泉水边。其在《咏青山泉》中道:“泉水濯人缨，斯泉濯其志。濯缨去外尘，濯志安汝止。泉水洗人耳，斯泉洗其心。洗耳驱外响，洗心湛天真。有源委大廓，源清流不浊。本来非物染，无洗亦无濯。”董传策用《咏青山泉》寄寓了自己不染俗尘的旷达心志。

明嘉靖四十年（1561年），董传策的朋友，南宁郡守郭华溪、同知张贯在泉边建了个小亭子，请董传策起名。董传策说“原泉混混，可喻学有本”，于是取名“混混亭”。明嘉靖四十一年（1562年）夏，广西佥事徐浦到此，久闻董传策大名和为人，便欣然将“董泉”二字镌刻于泉边岩壁上，“混混泉”遂改名为“董泉”，“混混亭”也随之改为“董泉亭”。清泉冠名姓董，足见徐浦对董传策品格意志的肯定。从此，一股清泉便与一位名贤紧密联系在一起，声名远扬。

董传策在《青秀山记》中补述了董泉及其泉名的来龙去脉:“道上行可三十步，有泉从石中出，清若水晶，甘若露凝，泠泠然昼夜注不舍。村民汲以烹炊，视汲郁江水便数倍。游客尤借之解酲、济暍渴云。即余所寻得盛石龙口者也。岁辛酉，夏，郡守郭君、守贰张君，以余故为亭其上。余以原泉混混，可喻学有本，命之曰‘混混亭’。未几，分巡兵宪徐君，行部至境，谓余雅好斯泉，镌泉畔石，曰‘董泉’，遂更亭名为‘董泉亭’，刻诗其上。”

后来，董传策在亭下筑台砌池，在池内种莲花，放养数条鲤鱼，取名“青莲池”，颇有“鲤鱼跳龙门”的意境。为方便登高览胜，董传策在董泉亭往上不远处修筑观景台，取名“白云台”。可见，董传策虽然已远离庙堂，但仍忧其君，仍抱有“跳龙门”的心志，幻想有朝一日能继续为朝廷效力。

明嘉靖四十二年(1563年)秋，徐浦和南宁郡守方瑜共同出资，在白云台为董传策筑造三间居室，取名曰“白云精舍”，在其左右两边的石头上分别镌刻上“青山白云”和“海天一览”字样。董传策很高兴，于是给精舍题联:“天空海阔中原界，云白山青万里心。”此时董传策被贬谪万里之外，忧国忧民之心只能寄予青山白云。徐浦在《白云精舍记》中云:

惟山有松，劲节凌空。
惟山有泉，令名属公。
惟山有云，瞻彼昊穹。
有山有岩，仰止攸同。

呜呼！先生之风，
忠孝之衷，与山并崇，
永世无穷。

徐浦认为，董传策品格高尚，忠君爱国，不仅清泉要姓董，青山也应姓董，如此方可弘扬董传策的情怀。董传策置身事外，纵情山水，白云精舍常常有鸿儒往来。徐浦等友人又在白云台上方的一处山顶上盖了一座凉亭，站在凉亭内可远眺城区及邕江胜景，董传策为之命名“浩浩亭”。他在《青秀山记》中云：“余每坐而心赏其中。郡因为作小亭，通四面，余复命之曰‘浩浩亭’。盖援浩浩其天之义，庸戴明时浩荡恩云。”虽已为贬谪之身，董传策仍感念皇恩浩荡，还寄望朝廷早日清除奸党，还世间以浩然正气，此等坚贞忠义实属可贵。

有一次，董传策和友人在山头避暑，无意中看到绝壁顶处有洞隙，其间好像有泥土堵塞，便请人将泥土挖去，即现出一个天窟。当地士绅又在天窟周围建亭筑台，徐浦为亭题写“洞虚”匾额。董传策在《洞虚亭次韵》中云：

高峰青不断，小洞妙堪过。
石壁分秋爽，禅心失梵魔。
清风松外飒，尘劫望中磨。
拈出虚生白，灵修并雅歌。

“洞虚”乃道教术语，意为地上的仙山。洞虚亭乃仙山上的亭榭，徐浦借此喻董传策品格之高洁，已达到神仙的境界，也暗示董传策所寓居的青秀山就是人间仙界。

《古今图书集成·职方点·南宁府部》亦对上述事略进行记载："嘉靖间，兵宪徐公浦为董传策筑二亭，曰'洞虚'，曰'董泉'，作室曰'白云精舍'，俱圮。"只可惜这些文物现在已毁坏倒塌。

现今董泉流水量不多，冬日只有筷子细小，夏季则稍微好些，用于接水的池子很难有水溢出。这与《南宁府志》"池溢则下流溉畦圃"的表述大相径庭。我听闻宋朝狄青开掘的双孖井，在现今南宁城区友爱路与人民路交会的附近，终因城市建设需要，被水泥预制板盖封了。相传，狄青曾驻军在双孖井一带，开挖了一口水井，北方将士因水土不服多染瘴气，服此井水颇有疗效。我还听闻现南宁市人民路置地广场一带曾有沉香井，开挖于清乾隆年间，传说井挖好后游来一对锦鲤，于是得名。十几年前由于污水浸入，水质变差，被弃用，继而也被盖封了。

城市的乡愁，或许就在这一古井里；城市的魅力，或许就在一滴井泉水中。清代词人项鸿祚所云之"井沸生澜通海气"，说的是井泉是人类与大海山川相衔接的根脉，是我们寻根问祖的地方，是生命深处的故乡。

南宁地下水系丰富，是个井泉众多的地方。民国《邕宁县志》记载，南宁有古泉井104口。除了双孖井、沉香井外，其他众多古井今何在？那一汪汪清凉的甘泉还在流淌吗？逝去的已经不可回头，往后只要少些冲动，尘世间那种乡土气、人情味、市井味就不会随着斗转星移而发生太多变质。

让我们高兴的是，南宁正在着手进行保护性修建双孖井街景花园，并立碑纪事，此举至少能给这座城市留下更多美好的回忆。

尤其值得庆幸的是，如今泉眼旁石壁上刻的“董泉”两个大字仍赫然清晰。泉左上方石壁上“一脉甘泉泻石涌，石龙暂卧此山中。商霖自是苍生泽，祗令邕南忆董公”的刻诗亦历历可辨。泉上方的董泉亭虽多次重修，但仍是避暑怡情的好去处。仁者乐山，智者乐水。我们还可以从时任南宁郡守方瑜写的“当困抑之时，而抗思于烟霞之外，居荒远之境，而寓迹于山水之间，自非超然卓识，浩然正气，涉阅之深，学力之至，未足以及此……若董公者可谓之贤也已”(《青山亭馆记》)，以及徐浦的“青山山上董泉亭，为有高人筑始成。直节漫夸群岳并，流风长共此泉清。尘缨濯处销凡虑，杖屦看来豁吏情。好事尽饶君做去，登临深愧逐虚名”(《董泉亭》)中，读懂南宁名仕对董传策的咏赞和评价，也拉近了我们与那段历史的距离。

董泉因董传策而得名，也因董传策凿石龙头置泉口而得名“龙涎井”。这正应了周敦颐的那句话——“水不在深，有龙则灵”。相传，这里也是古时人们向天求雨的地方。《南宁府志》载:“岁旱，官诣（董泉）取水祷雨，立降。”清乾隆年间，南宁知府苏士俊在《龙涎井建亭碑记》中记载:“南宁之青山，有泉曰‘龙涎井’。相传龙神著灵，遇旱取其水祷雨，辄降。予莅郡之明年，岁在庚申，时当播种，久不雨，祷三日，弗应，因诣泉取水，返而祝之，大雨立霈，三日乃止。郊原霑足，是获有秋。”人们深信天降甘霖是因为董传策的精诚所至，为记其功，便在董泉亭的楹柱上刻一副对联：

勺水为霖，四野咸歌岁稔。
一亭志感，千秋永记神功。

此联至今仍保存完好。祷雨乃旧时迷信做派，不足以为信，但也从一个侧面说明董传策之功可惊天动地。

董传策足迹遍布广西山山水水，写下了不少诗词佳句，其中关于青秀山及董泉的诗文最多。《响泉歌》云：

听之使我心神清，忽然万木皆春声。落花游丝如有情，林间好鸟相和鸣。游鱼出听大乐成，高山流水传遗音。觉时触处道心生，堪作义皇世上人。

泉声的美妙，可见一斑。《青山歌》则更绝妙：

青山高，千峰石笋插层霄。
青山下，江水平铺村影射。
青山小，卷石嶙峋竹啼鸟。
青山大，五象星罗吹响籁。
青山晴，波光万顷盘蛇城。
青山雨，烟霭微茫罩松树。
青山风，蛟龙吼怒凌长空。
青山月，青螺一点银盘突。
青山暝，渔歌欸乃摇江铃。

青山晓，玉露瀼瀼断林杪。
青山清，一股泉飞石上声。
青山四时尝不老，游子天涯觉春好。
我携春色上山来，山花片片迎春开。
仙人云盖飘亭子，泉水之清洵且美。
我爱泉清濯我缨，白云袅袅衔杯生。
披云直上昆仑顶，鞭龙一决翻沧溟。
却洗尘氛破炎昊，路上行人怨芳草。

诗缘情随景，生动细腻，既点染了青秀山，又烘托了整个南宁，是抒写青秀山风光的佳作。除《响泉歌》《青山歌》，董传策还抒写有《青山杂兴十首》和《青山构白云精舍》《青秀山记》等关于青秀山的诗文共38篇，占历代青秀山诗文的一半。地处荒远之地的青秀山，就这样被赋予人文气息，从此闻名遐迩。

青秀山作为旅游胜地，随着董传策及其友人的光顾和写意，迎来了一段发展的小高潮。1564年，董传策携徐浦、郭华溪、吴时来、方瑜、张贯等人，聚首青山，抒发情怀，留下了丰富的诗文名篇。他们还为青秀山胜景命名，如沧屿蓬瀛、烟崖石屋、天南赤壁、松风水月、双斗岩、迟仙岩、仙人履、玄玄门、天池、天窟等。原本只有一座破旧古庙的青秀山，就这样被董传策一帮人琢磨打造，使其笼罩在一个诗意浓浓的意境里。

1562年，严嵩被推翻。1567年，皇帝召董传策回京，官复原职。但董传策之风如清泉一样源远流长，对南宁地方的熏陶教化影响深远。明万历年间，吏部左侍郎、宣化县淡村（今南宁市淡村）人萧云举在青秀山“白云精舍”处建造龙象塔、秀山寺、元圃山房、息机亭、凉云亭，重修青山寺，整理汇编青秀山诗文，为世人留下《青罗集》一书。崇祯年间，南宁举人陈瑾在龙象塔旁建竹味庵。《古今图书集成·职方点·南宁府部》对此都有记载：“万历间，郡人萧云举建塔于上，名曰龙象，寺曰秀山，山房曰元圃，亭曰息机，曰凉云……崇祯间，郡人陈瑾于塔旁建竹味庵，前置舍利塔，下有粼玉泉，石有萧文瑞诗……兵燹之后……咸毁，所存一塔而已。”很多胜迹如今荡然无存，只留下文字记载。

明隆庆五年（1571年），董传策改任南京大理卿，进南京工部右侍郎。明万历元年（1573年）改任南京礼部右侍郎，同年九月被罢归田。著有《奏疏辑略》《采薇集》《幽贞集》《奇游漫记》等。明代传奇剧本《鸣凤记》和清代小说《绿野仙踪》等都记述了董传策的事略。

如今，因为董传策的缘故，董泉已成为青秀山的一处名胜，在葱茏的林木包围之下，悠扬肃穆，古朴沧桑，空灵中透着某种神圣的气势，让有心之人肃然起敬。游人至此，一边尽情地享受着清凉微甜的泉水，洗涤心灵的疲惫和尘埃，一边凭吊着一位与这方水土深深结缘的文化名贤。

风物长宜放眼量。我想，世间万物就像一星点火苗，只要以人文为燃料，就不会在时光的隧道里失去光芒，反而越发燎原生辉，从而循环往复，生生不息，并照耀着一座城市前行的路。一泉如此，一人如此，一个民族、一个国家也应如此。

灵水记

武鸣灵水是一个天然泉水潭，凡是见过它的人，无不啧啧称奇。我心向往许久，每年都有十数次机会路过，也知道它就在那里，却未能有机会停留片刻。人生最大的憾事莫过如此——明明看得到听得见，却视而不见，不问长短，不管冷暖，与所谓的冷暴力和暴殄天物有何异？而这次己亥初秋，我正好到武鸣一个朋友家做客，趁着饭前的工夫游览了灵水。

灵水位于武鸣城南1公里处。从武鸣城区向西南出发，过武鸣河边上一座三跨石拱桥，约70米处，就可以看到一股清澈的水从绿荫掩映的溪道缓缓流出，与武鸣河相衔接，一清一浊，泾渭分明，这就是灵水的出水口了。河上的石拱桥，由陆荣廷组织兴建，名为镇武桥，有安定武鸣之意。因建在五海渡口，也叫“五海桥”。20世纪80年代，南宁通往百色的公路改道，在武鸣河上游离镇武桥数百米处另架起了一座钢筋水泥公路桥，也称“五海桥”，石拱桥变成了“旧五海桥”。陆荣廷主政广西期间，主持开辟南宁至武鸣宁武的公路，捐资督修文江塔，重修灵水景区，平定地方匪患，干了一些实在事。陆荣廷为武缘县垒雄村（今武鸣区宁武镇雄孟村）壮族人氏，曾任广西都督、广东都督、两广巡阅使、广州军政府粤湘桂联军元帅等要职，曾使桂系势力一度扩张到广东。武鸣古称“武缘”，行伍出身的陆荣廷号召乡里“以武功鸣于天下”，武鸣始得名。1928年陆荣廷病逝于上海，葬于武鸣城西狮子山。现今的武鸣明秀园，曾为陆荣廷私家花园，是他留给后人的一处游览佳地和几许念想。

沿着灵水路继续往前约50米，一汪蓝蓝的水域赫然入目，葱葱郁郁的树木下，形态怪异的奇石紧紧把它环抱在一个葫芦状的空间里。灵水湖像是仙境里的宝葫芦倒出圣水一般，形成近百亩的宽阔水面。蓝天和白云倒映着，微风带来远远的稻香，水面泛着粼粼波光，空气好像一下子清新起来。清代刘世灯诗云：“影涵金鉴净，光映玉壶明。浊潦难相混，灵源长自清。”此诗写的正是此等情景。而沿河往前300米处，是武鸣河与香山河的交汇之处。从地理位置上看，这两条河就像一对被拆散的恋人，分别从大明山两处不同的地方启程，蜿蜒百余里才赶到这里相聚，之后再携上灵水这个宝贝孩子，匆匆汇入百里之外的右江，加入邕江的行列，奔向雄壮的珠江和浩瀚的大海。

走近灵水潭边，隐隐感觉到水面泛起一圈圈漩涡，好像四面八方深水处有很多泉眼在奔涌。据说，潭中有九股泉眼，拥簇在四周石头缝间，泉水从这九股泉眼源源不断地涌出，人称“九龙喷水”，亦称“九龙吐珠”。“水不在深，有龙则灵”，灵水之名也因此而来。又传泉潭中曾有两只灵犀鸟生活，时常在水面嬉戏，其乐融融，因而也以“灵水”或“灵犀水”名之。

靠近潭边石凳，细细打量，隐约可见泉水从潭底的石头缝隙冒出，滚滚如沸，气势磅礴，因为深浅不一，加上鱼窜虾游，让人眼花缭乱，实在无法看清泉水到底来自哪几个泉眼。想必灵水多泉，不止于九。九五至尊，九九归一，九乃数之极，所谓的“九龙”也就是个概数了。

潭中泉眼极多，好像地底下到处都有泉水奔涌，排空直上，形成很多股力量相互缠绕着，像搅拌机运作起来一样，在一些位置其势更汹涌，只要有东西不小心卷入，立马就会被吞没。这里曾发生过多起不幸事件，一不小心，一些年轻的生命就被潭水永远收留了。在大自然面前，人的生命是何等的脆弱！水乃至柔之物，能方亦能圆，清康熙年间诸生怀应聘作文云：“挹之则盈掬，挥之则散落，环之则为池沼，决之则为川流。”（《游趵突泉记》）他说水无一不能称心如意的同时，也蕴藏着无穷的力量，甚至危及人命。水能载舟也能覆舟，火能烤栗亦能毁栗，火中取栗不成则伤。顺势而为，顺势乃昌，为人处事须谨记。

数口泉眼中，最大的是潭东畔石壁下的龙津泉。其泉口约莫半丈见方，清泉从其中涌流横出，激荡奔腾，水量之大让人兴叹。对面螃蟹状的石山崖壁上，刻有“灵源”两个朱红大字，于是灵水也有“灵源”之称。山崖壁下又有四股清泉，上方刻有“龙津吐碧”行书大字，其迹斑驳，但隐约可辨。此二处摩崖石刻均刻于民国年间。“龙津吐碧”乃武鸣八景之一。明代南京锦衣卫世袭指挥使邓炳作诗云：“薄书劳倦几搔头，策马城西瞰碧流。一味香甘清肺腑，四周幽静豁心眸。渔樵相识恭迎送，鱼鸟无羁任去留。莫道瘴乡炎暑地，此中能有四时秋。”清举人刘香桂云：“灵泉何处是源头，一片清光澈斗牛。极目恍将天作底，投竿常借月为钩。游鱼得意潜还跃，飞鸟无心去复留。隐伏蛟龙原有窟，临渊不羡更何求。”这两首诗极佳地道出了灵水的绝妙。徐特立、朱德、张云逸、韦国清等名流政要也曾流连忘返于此。

灵水东南面的一块大石上，阴刻着两幅字，用两种不同的风格，记载两段不同的历史。一幅为“玲珑石窍四围开，面面清泉涌甃来。澈底无尘沾□卒，荇涵忘影倒青苔。沉浮无事如斯悟，活泼灵机到处□。欲见此源浑不辨，直凭佳境拟蓬莱”。（注：“□”为无法辨认的字）这幅字的落笔为“玉山黄灿崑题”，主旨是赞美灵水。这幅字的字体为行书，有魏晋之洒脱飘逸遗风。另一幅字记载着清光绪年间灵水碑北帝庙事略，字体为隶书，笔劲势雄，方正庄重，可惜字迹大多模糊不清。其中的北帝庙也难寻踪迹了。

一块巨石从潭中水面突兀而起，形似金蟾望月。立于石上，可弹跳入水畅游。村人说，灵水的温度一年四季保持在23℃，天然恒温，冬泳夏泗皆宜。伸手摸一把，的确凉凉爽爽的，冷天是否暖和尚未可知。当北国千里冰封之时，这里成了游泳冬训基地，一批批英雄儿女从这里出发，远渡重洋，为国争光，当给灵水记下此功。

灵水常年清澈如碧，据传古时就有学者探究，认为泉水源于南宁最高峰大明山。大明山脉长年累月蓄藏之水，经过层层过滤，在这里找到了集中的出口，所以就有了灵水。傍上大明山这一山头，这泉潭之水清澈无瑕，达到了直接饮用的标准，成为饮食及工农行业的良好用水。

灵水流入武鸣河，给这方水土注入了新鲜的血液，也孕育和形成壮家人赖以生息的精神力量和文化品格。作为骆越文明的其中一个发祥地，武鸣的田间地头，山山野野，壮家人三三两两，时常相亲相聚，唱对应答，形成独特的山歌文化。每逢丰收、农闲、重大节日或婚丧嫁娶，都要举办对歌活动。每年农历三月初三的“灵水歌圩”和骆越文化节，男女老少以歌会友，数万人的对歌场面蔚为壮观。清末民初黄诚沅辑《武缘县图经》记载，清道光年间，“答歌之习，武缘仙湖、廖江二处有之，每三月初一日至初十日，沿江上下，数里之内，士女如云”。可见当时歌圩的盛况。

歌声嘹亮歌喉甜，高歌一曲乐无边。
昂首奔上幸福路，丰盈生活万万年。

向晚的山歌从村里隐隐传来，不经意间已到晚饭的时光。恋恋不舍地离开灵水，与友人围席而坐，吃着美食佳肴。柠檬鸭、艾菜馍、猪血肠、紫苏炒田螺、壮家五色糯米饭等美味佳肴都是大盘地端上桌。大家举起大碗，大口喝着用灵水酿制的米酒，不醉不休。迷迷糊糊中，我似乎看到了灵水边的村落和城市，枕着嘹亮的山歌进入了甜美的梦乡。

哦，清澄碧透的灵水，与武鸣河相遇相知，一黄一白，如同黄金白银，色彩分明，成就了武鸣河“金银窝”的美誉。如同走失的孩童找到了亲人一样，灵水抓着武鸣河的手，千百年来默默地滋润着这一方“金银窝”，给此地的现在和将来赋予了无限的吉祥。

罗波潭访记

游览了武鸣灵水之后半载，曾想寻访与它相类似的罗波潭，可一直没有机会。一天，沿着武鸣城东往马山方向约20公里，再拐入武鸣至宾阳公路2公里，抵达罗波圩，往南一处村落，但见村舍林立间，有数亩潭水在嶙峋乱石堆中，几棵古老大树半遮着，萧疏淡雅，妙趣横生。

一汪天然潭水，清澈靛蓝，平静幽深。几名妇女正在水边谈天，有在潭水边洗衣服的，有搓洗长发的，有路过看热闹的。还有人洋洋得意地向我们说：“大旱不干枯，大涝不溢满，多好的潭水，有女就嫁这样的地方。”

罗波潭为何不枯不溢？从武鸣地形看，周围是典型的喀斯特地貌，最高峰为大明山。大明山蓄藏的大量水资源通过地下河到了武鸣盆地，正好在地表中的罗波圩找到了出水口，所以就有了罗波潭。因为地下泉水与地表水之间存在着相互补给的关系，所以潭水可以维持相对稳定的水位，不易溢满而出。

“水不在深，有龙则灵。”罗波潭乃当地龙潭的壮语音译，意为有龙的泉潭水。潭四周围着狰狞的石头，呈脉条状布局，恰似龙之鳞角和龙行天下的姿态。相传很久以前，附近村子一名寡妇捡到一个怪蛋，带回家中用棉被盖上，7天后竟孵出一只蜥蜴模样的小动物，并开口喊寡妇为母亲。寡妇很惊奇，像对待亲生骨肉般照料它。渐渐地，小动物长大起来，大得整个屋子都快装不下了，而又不能让它居住在屋外。寡妇没有办法，说：“让妈帮你弄断尾巴吧，这样就可以腾出更多的活动空间。”可它还是越长越大，过了不久屋子又装不下了。寡妇只好让它到屋外，居住在一处潭水中。后来被人看见了，用壮语管它叫“特窟”。“特窟”是壮语音译，意为断尾巴。数年后，寡妇年老岁终，特窟很伤心地哭泣，天上刮起龙卷风，将它和寡妇卷到了大明山。后来传说寡妇被安葬在大明山上，而特窟则幻化成神龙。每年清明，特窟都到大明山扫墓，路过罗波潭都下潭沐浴，以示孝心，而每次沐浴时，天上就会雷电交加，下起倾盆大雨，恰好给当地庄稼带来了及时雨，让乡亲们有个丰收年景。当地住着的都是壮族人家，用壮话给清潭取名为“龙窟潭”，意为有神龙护佑的泉潭，后来慢慢地演变为“罗波潭”。

潭东岸上为龙母庙，也称“罗波潭庙”，修于清光绪年间，已多次塌毁，现在所见到的龙母塑像和庙堂，都是几十年来渐次建造的。据说庙里供奉着特篚及其母亲。每年农历三月初三，武鸣人聚集于此，对唱山歌，上香祭拜，祈求风调雨顺。而这座龙母庙也成为罗波潭文化乃至大明山地区骆越文明的一个重要发祥地。

骆越是古越人的一支，是现代壮族、侗族、黎族、毛南族、仫佬族、水族等民族的先民。据文献记载，骆越人主要聚居在中国广西左右江流域、贵州西南部，以及越南北部红河三角洲一带，并建立了北起广西红水河流域、西起云贵高原东南部、东至广东省西南部、南至海南岛和越南红河流域的骆越古国。因其所处的自然环境和特定的生产方式，创造了具有地域特色的文化，其中的稻作文化、棉纺织文化、航运文化、象形方块字文化、铜鼓文化、冶炼制造文化、崖壁画文化、龙母文化、玉器文化、干栏式建筑文化等，对中华文明、东南亚文明乃至世界文明产生了深远影响。这些文化的中心，主要集中在左右江和红水河流域，而武鸣是其中的一个中心。据《武缘县图经》云，罗波潭以及周边的水系，统称为“古骆越水”。近年来，考古学家在武鸣等地发现大型古骆越祭祀坛，并发现大量刻在石器、玉器、骨片上的图案，发掘出铜鼓、甬钟、青铜剑、玉琮、玉璋等古骆越重器。这些出土文物，与中原地区出土的一些文物实物相似，它们所反映的历史年代以及展示的文化也极为相似，都是中华文化的重要组成部分。这也充分说明我们共有的文化符号、共有的历史记忆、共有的精神家园是包括古骆越人在内各民族共同创造和培育的。

罗波潭与龙母庙的关系，主要源于稻作文化。从古文献记载看，骆越人学会了用野生稻驯化栽培水稻，开辟了水稻种植和稻作文明的新纪元。水稻种植需要大量源源不断的水源，于是他们对水以及掌管天下水的水神始终顶礼膜拜，所以我们见到了龙母庙的建立和兴起。清代武鸣举人黄思让在《罗波龙窟》中云："一泓溶漾渺漫漫，渊底神龙仰月蟠。衔烛照空沙尾静，抱珠潜隐水晶寒。波浮落日铺红縠，光映丹枫浸碧澜。莫道容身非禹浪，一声雷震跃云端。"诗中关于罗波潭底有神龙的说法，正是应和了龙母崇拜的这种心理。

罗波潭周围绿树成荫，其中有怪石堆从水面突兀而起，小石岛被潭水包围着，上面长满了奇异的植物，四季青葱翠绿，很是亮丽。3亩见方里，小石岛与潭水相间，仿佛盛满水的天然盆景，玲珑可人，衬托着罗波潭不可抗拒的美。东北岸石壁上有"小三山"崖刻大字，笔力苍劲，古韵犹存，乃清道光年间思恩知府李彦章所题。"小三山"三字之意，李彦章有"莫怪三山成缩本，眼前真有海如杯"的诗句，说的是潭及周围山石的精巧和别致。

罗波潭虽不大，但色彩神奇独特。呈不连贯U字形布局的水面，因为隔着乱石，分为头潭、二潭、三潭三个水窝窝，并呈现不同的颜色，比如头潭深蓝、二潭浅蓝、三潭淡蓝。为什么潭水会有不同的颜色呢？于是我爬上一处石壁俯瞰，三潭之水是相连的，只是有些地方可清晰见到潭底清幽的石头；有些地方视线模糊一些，不见石头，但见水草幽蓝如海；有些地方则什么也看不见，只见幽幽碧水，暗如黛玉。原来，潭子各处深浅不同，最深处约46米，最浅处不足1米，其颜色的不同，大约是深浅不等而视觉上感受有差异的缘故吧。

清乾隆年间编撰的《武缘县志》有载：“潭水四时常清，深不可测，穴幽邃，烟霞时蒸，若日影倒垂，溶漾浮空，韬涵万类。”说的是潭在一日之内景色各异：晨曦，潭面水雾弥漫，如烟蒸霞蔚，山光水色若隐若现；晴午，碧水辉映蓝天，白云荡漾水面；夜半星稀，皓月当空，清潭印月，恬淡静雅，仿佛置身于仙境之中。潭水常年清澈丰盈，冬暖夏凉，往来游者络绎不绝。

眼前此番情景，沐浴洗濯者，戏水玩耍者，撑竿垂钓者，安适自在，其乐融融。难道他们都是传说中的神仙？

恩义如泉

梧州市西江大桥南岸的铁顶角山下，有一眼清泉，因恩义村而得名恩义泉。

《山海经·大荒南经》记载：“赤水（今红水河）之东，有苍梧之野，舜与叔均之所葬也。”舜乃上古华夏部落首领，虚怀纳谏，任贤使能，开创了政通人和的局面，晚年禅位于禹，乘车巡行天下，卒于苍梧郡。舜一生孝顺友爱，德为先，重教化，《史记》称“天下明德，皆自虞舜始”。而叔均为周部族首领，播种百谷，并始用牛耕，开创了我国以牛耕种发展粮食生产的历史，被周王尊为先祖。

因为苍梧古郡有幸成为舜与叔均这两位上古道德模范安

息所葬之地，当地老百姓又千百年来得到他们的濡染默化，而且此地发端的山泉也一直没有干涸，人们便以为这泉水是应和着两位贤德之人出现的，所以村名和泉名都冠以“恩义”二字。

恩义泉眼位于铁顶角山脚下一条小山沟里。到了西江大桥南岸往龙圩方向约500米处，转入左边一条小山沟，可见一块门匾，门匾上“恩义泉”三个红漆大字赫然入目。先到一处蓄水池，山泉水由一条胶管从深冲内引入其中，再通过多个水龙头将水输送到千家万户。每天都有很多人拿着瓶瓶罐罐，排着长队到这里取水。据说，取此泉水泡茶或煮粥，隔夜不馊，所以取水的人络绎不绝。

泉的源头就在蓄水池后边不远处，一股泉流在石缝间涌出，源源不断，不可知其藏量。泉眼周边有馨香四溢的树木和花草，清泉与鲜花、绿草相互衬托着，构成一幅美丽的画卷。天气晴好，行程也从容，就多停留了片刻。在泉眼处，泉水奔涌如沸，阳光在泉水间闪烁着金灿灿的色彩，通过接水管子，散落于不远处的蓄水池中，滋润着千家万户。我感叹而激动，觉得这清澈透亮的泉水似乎飘忽着某种神秘的气息。想起这一带地方可能是舜与叔均巡行的地方，于是掬起一把泉水慢慢品尝，感觉清凉甘冽，沁腑醒神，心旷神怡。又腾空所有矿泉水瓶，再盛满泉水带回旅馆中，用来煮梧州最负盛名的六堡茶，才使这次旅行圆满，不至于虚此一行。

恩义泉左边不远处的铁顶角之巅有座塔，叫炳蔚塔，清道光年间由乡民集资始建，青砖结构，呈六角形，高七层，每层塔檐都画有莲花图案，现莲瓣纹饰仍清晰可见。清代梧州知事袁渭栓、我国最后一位“三元及第”的清代状元陈继昌等名贤留下的“文峦耸秀”“炳蔚塔”等刻字和碑额，现还镶嵌在炳蔚塔的门额上。炳蔚塔曾于1949年被雷击毁了两层，又经多年风雨侵蚀，已变得残破不堪，后于1990年和2018年分别重修。

铁顶角所在地带峰峦绵延起伏，地势雄壮巍峨，山巅的炳蔚塔是登高览胜的好地方。据传塔名取于《周易·革卦》：“大人虎变，其文炳也”，“君子豹变，其文蔚也”。“炳蔚”有彪炳、繁荣、荟萃之意，暗示此地乃远山落脉、群峰来朝和多水际会之处，豪杰云集、群英聚会之所。故登塔远眺，能领略到浩瀚江水两岸的泗洲、龙圩、长洲、高旺等地的无限风光；可以看到桂江、下小河在这里与浔江、西江相会；可以看清恩义泉边慕名蜂拥而至的取水人群，有的在泉池附近的凉亭下聊天下棋，有的在绿荫处望江或观山。难得浮生半日闲，递烟换火话桑麻，那种感觉一定很美妙，让人觉得恩义泉不像是一处泉水，而更像是当地某小区的后花园。

仔细观赏恩义泉，让人有所领悟。不禁怀想舜与叔均，景仰他们的惠政，熏陶他们像泉水一样的情怀。如今亿万人民在中国共产党的领导下，艰苦奋斗，实现了第一个百年奋斗目标，全面建成了小康社会，这蓄积着多少人的情怀和大爱！每每想及此，举止顿时端庄，意气随而勃发，行为有所规范，内心有所敬畏，心怀感恩之情。于是“恩义”二字常挂心口，虔诚而不敢释怀。

状元泉记

离开纷繁的城市，我常常拖着疲惫的步子走到邕江边上，在南宁大桥往东北方向不足500米的青秀山脚下，总能看到有人在排队接山泉水。据说这是状元泉的水。相传古代有一名书生，在进京赶考路上又饥又渴，于是就到此泉喝水，后来中了状元，状元泉因此得名。有传言说孩子喝了状元泉的水能金榜题名，所以慕名前来取水的人不少。只见水从一条高悬的塑料管子口哗啦哗啦地流出，被接入事先准备好的水壶里，再带到各自家中。人们一边享用甘泉水，一边等待金榜题名。

沿着管子往上寻索，到了半山腰的慈母阁，就见到泉井了，一汪泛着日光的清澈泉水，被一条粗大的水管从井底引走，这大概就是状元泉的源头吧。慈母阁一带属青秀山帽子岭，山势极为陡峭，其下方100余米的地方就是一处平地，一股拇指大小的泉水从崖壁边的石缝里缓缓流出，形成一个1米见方的小池子，再通过其中一条弯弯曲曲的石缝小道溢出，注入前面的莲池里。这就是现今所能见到的比较直观的状元泉。

状元泉水温和而甘甜，常年流淌不枯。前面的莲池呈倒葫芦状地铺开，周边围着浑圆的石子池水是碧绿碧绿的，倒映着瓦蓝瓦蓝的天空和郁郁葱葱的树木，正是“半亩方塘一鉴开，天光云影共徘徊”。莲是睡莲，也叫水浮莲，其花则亭亭玉立伸出水面，洁白无瑕，宛若少女出浴，楚楚动人。池中小鱼七八条一群，八九条一伙，或静静地呼吸，或悠闲地游逛，或浮出水面吹个气泡。端坐在冰冷的石头上，周围水汽氤氲，让人心旷神怡。你会听到池里鱼儿轻微的呼吸声和闻到微风拂来的淡淡的莲花清香，一段清幽的时光就这样很快过去了。

莲池的周围，是南方特有的几兜垂叶榕，树皮灰黑光滑，枝叶繁茂葱郁，小小的叶子往下垂，整棵树像一把大伞，把池边的世界遮掩得严实清凉。榜眼轩和魁星亭在池的两侧相互辉映着，加上一池莲花和碧水，让游人差点走不出这样一幅水墨山水画中。

借以状元泉，这里建成了状元泉文化园。碑文长廊，辑录着我国科举制度及广西历代状元事略，还记有苏东坡“发奋识遍天下字，立志读尽人间书”的故事，以及周敦颐《爱莲说》等名篇佳句，昭示学子既要发奋苦读，又要廉洁处事。在泉的上方半山腰处，有一个延伸向外的望台，那是状元阁，在阁中瞭望台上俯瞰，整个状元泉文化园尽收眼底，远眺则可一览邕江，视野辽阔，令人心旷神怡。

这里不得不提到一段传说。据传广西的第一位状元赵观文曾路过青秀山，并在状元泉歇脚读书，止渴充饥，后考中状元。后人在泉眼周围立碑建园，以激励八桂学子勤奋求学，成就功名。

赵观文，广西桂林人，10岁能作诗文，13岁熟读儒家经典，唐乾宁二年（895年）状元及第。起初，取25名进士，张昭宪居榜首，赵观文列第八，落第举子不满，指责主考官舞弊。唐昭宗不得不另择主考主持重试，并亲自阅卷，他认为赵观文“才藻优赡，义理昭然，深穷体物之理，曲尽缘情之妙。所试诗赋，辞艺精通，皆合本意”，遂钦定赵观文为第一，授官侍讲学士。无奈大唐刚经历近10年的黄巢起义，国力衰弱，宦官专权，藩镇割据，政治黑暗。赵观文深感官场腐败不堪，不肯同流合污，于是托病辞官，终未复出。赵观文虽在仕途上无所作为，但在家乡起到了开风气之先的作用，特别是他点燃了广西无数读书人心中的希望之火。赵观文回归故里，官民对他敬重有加。桂州（今广西桂林）长史朱韫在新修尧舜祠时，请他作文。其《桂州新修尧舜祠祭器碑》一文后来被收入《全唐文》。其《冠群论》为当时名士所赞赏，惜已失传。《桂林风土记》载，唐人因赵观文状元及第，特将其所居住的街坊改名为进贤坊。清代于凌汉等人在其故居立了“赵状元故里”石碑。今当地政府在其故里建起了文昌阁，皆为激励后人。赵观文辞世后，被尊为“桂州五贤”之一，并建五贤祠纪念。宋朝诗人刘植在《静乐赵观文挽词》中云：“大星殒地寂无光，砚席凝尘阒野堂。一老海滨天下憖，百年江左恨空长。家传遗稿归中秘，帝录元勋纪太常。路远生刍来未得，泪乾门下老刘郎。”

我国有很多以“状元”命名的福地，福州有状元峰，芜湖有状元坊，张家港有状元山，扬州有状元巷，泉州有状元街，株洲有状元桥等，而偏居南疆一隅的青秀山状元泉更是难得。要知道，科举制度作为封建时代读书人迈入仕途改变命运的“独木桥”，始于隋炀帝大业二年（606年），到唐乾宁二年（895年），已过了近300年，广西才出现了第一位全国状元。与中原文化相比，岭南文化相对落后，何况当时朝廷还规定：岭南及周边地区每科选进士不得超过7人，比中原地区的进士名额少了一半以上，中状元的概率很低。所以，隋代开始实行科举制度以来近300年，广西无人中状元，这种尴尬局面直到赵观文一举夺魁才被打破。唐朝诗人褚载闻讯特作《贺赵观文重试及第》一诗致贺，诗云：“一枝仙桂两回春，始觉文章可致身。已把色丝要上第，又将彩笔冠群伦。龙泉再淬方知利，火浣重烧转更新。今日街头看御榜，大能荣耀苦心人。”

与此同时，这期间广西人以不服输的心志大力发展文化，大兴书院，尤以桂林为甚。自唐以来，桂林开办的学堂、私塾多如牛毛。每年乡试时，整个广西的秀才都云集桂林，靖江王府西华门旁的西华里甚至发展成了“读书一条街”，读书人络绎不绝，逐步筑起了广西乃至岭南地区文化的基石。清顺治十四年（1657年），清政府将明代靖江王府旧址改建成广西贡院，作为广西考生乡试的考场，最具规模时号舍多达5500间。清代276年间，广西共考出5075位举人，到京城参加会试和殿试后有585人中进士，其中桂林府就有298人。在科举史上，广西前后共出过10位状元，其中桂林占了7个。

一口泉眼，被赋予“状元”的名号，其中蓄着多少辛酸与无奈，流传着金榜题名的美丽传说，寄托着人们“鲤鱼跳龙门”的美好期待和学习中原先进文化的强烈愿望。

人间正道是沧桑。科举已成往事，“状元”只遗泉名。历史上那种不合时宜的歧视性做法已一去不复返。如今的状元泉，一汪清澈的泉水，一股透心的清爽甘甜，正流入寻常百姓家。1400多年来学子们传承并萦绕于八桂山水间的文心文脉，正在给南宁这座面向东盟的绿色城市献上一份美好的祝福，让每个人都有人生出彩的机会，每一个日子都像甘泉一样甘甜而丰盈。

乳泉佛心

郁江和黔江不约而同地从千里之外往桂东南奔流，在桂平市汇合形成浔江，再向东奔流，直至接连西江和珠江，通达粤港澳地区和大海。

桂平，自唐贞观到民国初年称“浔州”，因地处浔江水涯之地，故以“浔”命名。桂平西山地处大瑶山脉尾端。

大瑶山，北起荔浦—三江断裂带，延展到130多公里外的桂平西山落脚，宛如一条蜿蜒巨龙在这里突兀抬头，接受两江朝谒。

西山是一座东低西高的浑圆状花岗岩山体，海拔为678.6米，与东部海拔仅35米的浔江平原相比，俨然是横亘于桂平市城西的一道巍峨天障。

民国孔文轩有云："苍梧偏东，邕宁偏南，桂林偏北，惟此地前列平原，后横峻岭，左黔右郁，汇交廿四江河，灵气集中枢，人挺英才天设险。"这极形象地点出了桂平的形胜。

《易经》上说："一阴一阳之谓道。"水柔为阴，山刚为阳。两条大江在桂平这里与西山相会，阴阳互存交合，这就是天道合一的神奇魅力。

郁江、黔江、浔江在桂中盘旋穿梭150多公里，成就了肥沃的浔江平原和"广西粮仓"。

自古民以食为天，而人之初以乳汁养命。如果说郁江、黔江和浔江三条大江就像乳汁一样滋养着桂中大地的话，作为阳刚十足的西山并不显得会领情。

西山之脉自遥远的130多公里之外款款而来，一路蓄气藏水，到桂平城西山脉落处更是蓄势待发，溪流纵横，甘泉四溢。众多甘泉中，尤以半山腰的乳泉为甚。

清同治版《浔州府志》云："（乳泉）清冽如杭州之龙井，而甘美过之。时有汁喷出，白如乳，故名乳泉。"《桂平县志》也有类似记载。

最近登临西山到乳泉处正值冬月，所见只是一口古井，一棵根须裸露的古榕盘踞环抱在一块浑圆的花岗岩巨石上，巨石形态怪异，岩体突兀，如金蟾望月。巨石下便是乳泉井，花岗石砌成的井口呈圆形，井口直径1米有余，井深2米有余，井底呈碗状，水深约0.5米，清澈见底，不枯不溢，水量稳定，颇有一番"静里乾坤不知春"的况味。

井上后崖壁刻有民国十三年（1924年）蒙文伟诗文"泉

边有石为吾友，客里逢人说此山”，字迹清逸秀丽，笔画雄浑洒脱。乳泉井附近有一块石碑，上面刻有“乳泉”二字，上款“乾隆戊寅六月”，下款“郡守豫章胡南藩书”，笔法苍劲，功力深厚。北崖壁刻有“盘石茶芽咸称美味，深溪乳水众试皆甜”。离井10余米的石壁上还有清同治广西候补道张荣祖的《乳泉铭》：“山有仙兮则名，水有龙兮则灵。乳泉涓涓兮不竭不停，可以洗心兮可以鉴形。照山间之石碧，对江上之峰青。持心如水，守口如瓶，汲斯泉兮念常醒。大智不凿，流水不腐，胸洞洞兮眼惺惺。不学赤松兮不读黄庭，不近帝座兮不犯客星。吾寻吾之本原兮，吾养吾之心经。饮斯石乳者，鉴此泉铭，俾我浔民其敬听。”

乳泉井西侧还有乳泉亭，亭高6米，东西长9米余，南北宽8米余，干栏式，下有5根大石柱支撑，柱高2米余；上面是阁楼，周围是“回”字形走廊，外面围以朱漆栏杆，廊内围以雕花屏风。亭和阁楼均为1917年两广巡阅使陆荣廷驻师桂平时倡建。亭中挂陆荣廷所书“乳泉亭”三字匾。当时，陆荣廷还在西山龙华寺内重建了文昌阁。

泉四周堆叠着浑圆的花岗岩，傍以苍松古榕，兼有花卉相衬，游人至此，坐石可以品泉，凭栏可以观花，是怡情悦性的极佳胜地。刘禹锡、苏东坡、周敦颐、程颢、徐霞客、孙中山、李宗仁、李济深、陆荣廷等名流曾畅游西山，并多留有摩崖石刻。

很难想象，这里经历过多少人为因素的改造和变故。我们只能从这些斑驳的石刻中参详乳泉过往的巅峰时刻和光辉岁月。

其一是乳泉“喷汁”奇观。据载，2000年、2010年、2011年，乳泉都出现过“喷汁”奇观，观之白色乳状，饮之清醇甘津。这其中有很多奥秘。

一种观点认为，乳泉是由钟乳石上的滴水形成的。唐代陆羽《茶经》云：“其山水，拣乳泉、石池，漫流者上；其瀑涌湍漱，勿食之。”唐代段成式《酉阳杂俎续集》云：“岩中有丹灶盆，乳泉滴沥。”明代徐弘祖《徐霞客游记·游嵩山日记》云：“中有乳泉、丹灶、石榻诸胜。”清代孙嘉淦《南游记》云：“岩壑空幻，石骨玲珑，乳泉滴沥，积而成池。”

另一种观点则认为，乳泉就是甘美而清冽的泉水，宋代郑瑶、方仁荣《景定严州续志·祠庙》云：“山有乳泉，溉田甚多。”元代王恽《东坡汲乳泉图》诗之二云：“道宫独发乳泉香，似与坡仙养浩方。井冽不从炎海瘴，味甘还比上池觞。”清代魏源《重游百泉》诗之四云：“固知空洞腹，乳泉满其穴。”

据考证，乳泉那白色乳状的泡沫其实是氡气泡。然而氡又是如何跑进泉水里的呢？西山由庞大而坚硬的花岗岩体构成，花岗岩裂隙发育，纵横交错，相互连通，有利于大气降水的渗入与流动，形成裂隙含水质。桂平雨量充沛，四季湿润，保证了乳泉的水源补给。而花岗岩体又是富含放射性元素的铀岩石，其中的铀经过系列衰变，可产生无色、无臭、无味的惰性气体氡。生成的氡一部分溶于水中，一部分存于裂隙壁上，当条件适宜时，裂隙壁上的氡进入流动的地下水，形成汽水混合物泄出，使泉水跳珠走沫，呈现色白如乳的“汁”液。但由于受岩石裂隙系统制约，生成的氡数量有限，不能连续不断地进入地下水中，所以“喷汁”过程历时短，一般仅几分钟或数十分钟，且只能偶有发生。1975年8月的一天早上，滂沱大雨之后，乳泉曾出现一次历时两小时的“喷汁”景象，实属罕见。

水乃酒之血，酒品质的高下，取决于水质的优劣。佳酿出处必有名泉。如果酿酒能取用乳泉井之水，一定绝妙。广西的丹泉酒、乳泉酒，其背后不正是有一眼名泉吗？

从现代科学角度来看，水是一种极好的溶媒，对酿酒的糖化快慢、发酵的良差、酒味的优劣，都有很大的关系。乳泉泉水不仅水质好，而且入口微甜，用这种无溶解杂质的水经过蒸馏酿出的酒一定会很甘美。有人做过化验，西山乳泉水矿物质含量大约只相当于一般江河水矿物质含量的7%。乳泉水中每100个小气泡含氡气泡量比普通江河水多出70个，达到85个。这种天然氡能把茶和酒中的杂质挥发净尽，所以早在宋代时桂平人就将乳泉水作为礼品送人或上贡。难怪桂平采茶调有云：“花罐石，石罐花。乳泉水，西山茶。此话不与俗人讲，俗人听了要出家。”

其二是关于乳泉的种种神奇传说。相传很久以前，浔州古城曾一度暴发瘟疫，城里死了好多人。有一个小孩在西山脚下放牛，一长者驾鹤来到小孩跟前说：“小娃仔，请转告城里人，西山有一口会喷乳汁的泉，只要找到它，喝上一碗便能治好瘟病！”小孩把此消息传开，众人皆大喜，乃随小孩攀藤铲棘上了西山，历尽艰辛，终在半山腰的山岩下找到了这口喷乳汁的泉，喝了乳泉的人都恢复了健康。这传说无可考究，但至少也说明老百姓对自然神力的崇敬和向往。

民间传说往往也是人世间现实的反映。史载唐昭宗乾宁年间，山东人李明远在任监察御史时，因为直谏被贬岭南道，任浔州刺史，为官清廉，德化于民，颇有政绩。民国《桂平县志》云："守浔郡，为捍虎患，祷西山，辄灵应，虎死庙树间。"传说，西山乳泉上方的吏隐洞，便是唐亡后李刺史隐居读经及后来仙逝的地方。后人感念他的善政，在西山山门处给他立祠塑像，奉以香火，敬为神灵。清代王俊臣《唐御史李明远西山郡主庙游记》有云："东坡曾访孝子梁诏来浔，睹此佳山水，度先百年恋恋于此。"

可见，一个人如果处事为公，老百姓会永远铭记他。做人做官应有如此情怀。全国各地有关公庙，南宁有六公祠、董泉，柳州有柳侯祠，宜州有山谷祠，桂林有伏波山，横州有伏波庙，都是后人借此兴建的。

其三是乳泉周围的佛教建筑及其文化。乳泉下方不远处是始建于清顺治三年（1646年）的洗石庵。洗石庵往上，乳泉的左侧，是始建于唐末宋初的龙华寺，旧称"龙华古寺"。据民国《桂平县志》载："宋姚坦，字明白，曹州济阴人。宋太宗太平兴国初知浔州，卓有惠政，盗息民安。公余游思陵山（今桂平西山），与高僧倡和常处一石岩下，后人名之曰'姚翁岩'。"史料中记载的这块岩石即在龙华寺背后，而姚坦出任浔州知府的年代为宋太宗太平兴国初年。由此算来，龙华寺距今已有1000多年的历史。现在的洗石庵和龙华寺都有三进，依山凭险，前有门楼，中设大厅，后立高阁，几乎涵盖大雄宝殿的设计脉络和人文精髓，巧妙结合南方环境气候和苏州园林风格，以回廊花墙和院落有效衔接佛殿和主要建筑，形成一个个廊院空间，并布局山石花木，使幽静深沉的宗教气氛和轻快明朗的园林空间渗透融合。

古浔州虽偏居南方之地，但中原的教化在1000多年前就传到这里，并不是想象中的那么闭塞。黔江下游的大藤峡，山高水急，地形十分险要，下游的船只难以溯江而上，可下游浔江河段没有急流险滩，早年的传教士、文化人、商贾可以通过珠江，沿水势平缓的西江和浔江而上，为桂平源源不断地送来外面最新的思潮和文化。

我们看到，历代王朝制度都毫无例外地延伸到这里，对这一方水土进行有效的统治。

明初，中央王朝废土司，设流官，以此来加强对少数民族的统治，当地农民需要缴纳沉重的赋税和服劳役，于是大藤峡爆发了大规模的以瑶族为主的农民起义。起义军凭借特殊的石山地形，与朝廷兵马持续战斗了近200年，成为明代广西历时最久、规模最大的一次农民起义。

如果说大藤峡起义只是动摇和削弱了中央朝廷在广西的统治基础，那么发生在19世纪中叶的太平天国运动则差点掐断了一个王朝的命脉。

出生于广东花县（今广州市花都区）的洪秀全，溯浔江而上，在桂平金田村创立了拜上帝会，拉起一支数十万人的队伍，于1851年发动了金田起义，拉开了太平天国运动的序幕，横扫了大半个中国，在中国农民起义历史上留下了浓墨重彩的一笔。

而同一时期的1855年，以陈开、李文茂为首的广东农民起义军也溯江而上，攻克浔州府城建起的大成国竟能与朝廷整整对抗6年。

古往今来，大山大川聚首之处，必是风云际会之所。在那些动荡的岁月里，桂平总是挺立潮头，集天下之群英，匡持正义之举，力挽时代狂澜。三江两岸英雄豪杰辈出，他们像西山上浑圆的花岗岩石一样坚不可摧。这，就是这一方水土的品格意志吧。

这里，不得不提及两位佛界大师。

一位是周恩来亲书“上马杀贼，下马学佛”相赠的巨赞法师。1942年，巨赞法师应邀到龙华寺任住持，一面弘传佛教，一面从事抗日活动，为救国呐喊：抗日救国乃救苦救难之举，是大慈大悲的菩萨行为，完全符合佛教大乘精神。1944年，日军大举进犯，浔江平原一带亦难以幸免，巨赞法师过着颠沛流离的生活。开国大典时，巨赞法师作为唯一的僧人代表登上了天安门。此后，巨赞法师主编《狮子吼》月刊，出版佛学书刊，创办佛学院，历任中国佛教协会副会长、中国佛学院副院长等职，1984年圆寂于北京。乳泉进门处由三大块浑圆的花岗岩组合而成，上有巨赞法师“揽胜”摩崖石刻。

另一位是洗石庵住持宽能法师，法号妙虚，受戒于广东曲江南华寺，1949年受巨赞法师引荐，来到桂平西山驻锡洗石庵，主持佛教事务，并潜心研读佛家经典，为后世留下《三乘教义》一书。中华人民共和国成立后，宽能法师带领比丘尼开办宗教用品、素餐、食品、旅游工艺品、茶叶种植加工等生产服务项目。她把西山茶生产做到了极致，并三赠开国领袖毛泽东。毛泽东收到茶叶后给宽能法师回信，称赞西山茶为好茶，并鼓励她继续努力种植以适应人民生活的需要。毛泽东明示，中央有规定，领导干部不能收礼，于是作价付了茶款。宽能法师于1989年圆寂火化后，留有三颗灵骨舍利子，是世界上第一位圆寂后留下舍利子的比丘尼。

直至今日，龙华寺和洗石庵佛殿生辉，香火鼎盛。在原生态的自然美景、深厚的历史积淀及佛教文化交融烘托下，桂平西山已成为北回归线上的一块佛灵圣地。每年的观音诞、浴佛节等佛教节日，桂平西山更是人山人海，热闹极了。特别是农历四月初八浴佛节，每年此时，桂平西山都要隆重举行浴佛、祈福、泼水等旅游文化节活动，是桂平旅游文化的一大特色。

一滴圣洁的乳泉水，参悟着千年的偈语，从西山出发，流入黔江，再与郁江、浔江相会，像母亲的乳汁一样，哺乳着浔江平原上的万物，让各路英雄豪杰在这里相亲相聚，演绎历史，世代繁衍，生生不息，这是大自然多么神奇而伟大的爱！人类向往的佛，我想应该像巨赞法师、宽能法师、李御史那样，有菩萨心肠，有情怀，有大爱，若水向善，至善至臻，自有老百姓拥戴和敬重，又何须终日烧香抱佛脚呢？

幽谷碧潭

从大化瑶族自治县县城出发，往西北走30多公里，到了六也和雅龙两乡交界的地方，在一个叫和平村灵吉屯的山弄里，可以看到一汪深幽的潭水，像一面古铜色的镜子，清澈明净，天光云影在其中闪耀，仿佛向天空捎去一道光，绿色孤独的光。这丛峰洼地，这千山万壑中，无论哪个季节，哪个角落，都有装不完的绿。

潭水也是绿的，满满地盛着青翠的远山和四周的树木。10多丛竹子错落有致地环绕着潭子，竹节则一节连着一节，高高地伸向天宇，从潭边望不到竹子的顶部，天空总是那么悠远。微风拂来，竹枝晃动了，感觉地动山摇、天昏地暗。

竹枝长着纤细的叶子，有青丝一样的纹理，枝丫却长着密密麻麻的刺，像带刀的侍卫，冷酷地守护着潭水。有几丛竹子的枝丫上却生着墨绿色的藤蔓，形状与红薯藤相似，这就是传说中的寄生茶，《本草纲目》中说这种寄生茶可以解酒降脂。《山海经》里所说的"寓木"就是这种寄生的植物吧。这竹子和寄生的藤蔓，郁郁青青，吸收着这潭水的精华，又反哺着把整个潭水遮掩起来，营造出一个格外清凉的环境，幽静而深远，神圣而不容侵犯。

灵吉潭宽阔而幽深，约4亩见方的水面，不知以何物为底。有擅游者曾想横过水面游到对岸，但越接近潭中，越感觉寒冷刺骨，只能折返岸边。最中间的水面，总飘浮着一层淡淡的云气，浩浩渺渺，轻如细纱，像梦近在咫尺，又远在天边，日夜不散。我想，那一定是大地最冰冷的地方，为世间冷藏着正在失去的一切美好。靠着潭边，是一些被日光晒得斑白的岩石。这些岩石，或兀然高耸着，像犀牛饮水；或探出水面，像金猴摘桃献果；或突起并堆垒着，像狮子较量着争相滚绣球。这奇形怪状的石子，成为精巧的观景台，成为洗衣的搓板，成为垂钓者的舞台，踩在上面稳稳当当的，好像原始以来就这样紧挨着，合拢成水中的悬崖峭壁。据说，跨过这些岩石，就直接陷入潭底，没有任何缓冲地带。

潭中鱼儿自由自在地玩耍着。这边刚腾起一个小水涡，那边又泛起波光，或跳出水面，或翔入水中，可明显感觉到这水下的世界生生不息，繁衍着各种生物。正如李白《观鱼潭》云："观鱼碧潭上，木落潭水清。日暮紫鳞跃，圆波处处生。"靠近岸边的岩石间隙，可见到鱼儿成群结队，光线从它们的身子穿过，都好像在天空中悬着一样，呆呆地一动不动，或忽然间轻捷地游向远处，似与游人嬉戏。

灵吉潭的水总是满满的，不升不降，是不是与大海相通达？据传，曾有好事者往潭里撒木糠，数天后在百里外的另一处地下河出口浮起了同样的木糠。另传，曾有水突然一下子不知从哪里漏掉了，直接袒露出潭的底部，潭里的鱼儿像落在燥热的砂锅里一样焦躁地弹跳着，人们撸起袖子准备下潭里拾鱼的时候，水又突然涨起来，一切恢复了原状。各种传说不足信，但却赋予大自然无限的神力，好让俗人敬畏而保护它，欣赏而不能乱动它，远观而不能亵玩它。

向潭的东方望去，一条溪水弯弯曲曲地流过来，把1公里之外的落托泉之水接送到这里。溪岸两边相互交织着稻田，隐隐约约飘来了缕缕稻香。端坐潭边，凝视着潭子，水面如画，四周幽寂而清雅。那若隐若现的鸡犬声，仿佛从苍茫的深山幽处传来，才知道潭子周边不远的山麓有人家。

解陋泉旧事

平日里怀想故乡，记忆中总回荡着深山谷里那种大口吃肉、大碗喝酒的吆喝声，而且醉意惺忪中，脑海里浮现一边用双手捧着清澈甘甜的泉水喝起来解酒，一边跳起轻快的舞步的情景。那可是解陋泉里流淌出来的山泉水，清冽，甘甜，冬暖夏凉，是故乡人赖以解酒消渴的“神水”。在红水河畔大化瑶族自治县壮族同胞丰富多彩的语言和文化里，“解陋”这个音就是解酒的意思，我想这大概是解陋泉威名的来头吧。

出了家乡头肯屯西门，在山坳过去的一个无人山弄里，便可见一溪细流，由西向东，无声无息地流着，这就是解陋泉流出来的水。从解陋泉这一带一路向西，到六也乡政府约20公里的路程上就有很多山泉，几个有名有姓的泉眼则分布在灵吉、落托、巴尖等村屯的山弄里，四季不竭地输送着清冽的泉水。在这些泉水中，鱼儿三三两两，若隐若现，大如指头，小似针线。但解陋泉不同，乃为此方唯一的只有虾蟹而没有鱼儿活动的山泉，着实令人难以琢磨。

到了泉池边，简直太神奇了。泉井分南北两个圈圈，三四米见方，恰似一串熟透的葡萄——只有两颗的那种，滴着露的珍珠，含情脉脉，相依相濡，永不分离。泉之南略高于北，故水旺时，水从偏南的泉井汇流入偏北的泉井后，便从一条溪道向东流去，向下游的村庄和田地流去。冬天是泉水最少的时候，偏南的泉井干枯了，正在积蓄力量酝酿下一次的爆发。偏北的泉井也不再有细流，水位降至最底部，只露出碗大的水面，周边围着坚硬的原石。记得那些大旱年月，四面八方数百个村落的人都到这里挑水，泉井和泉口都很狭小，每人只能用一个很小的杯子打水，排队半天才能取到水是常见的事。故乡人用一个很小的竹罐往泉眼里刮水，再把水盛到箩筐里——那种用竹篾编成的箩筐，里面铺上薄膜，不但挑起来不会让这珍贵的水四处溅飞，而且还可以避免“竹篮打水一场空”的尴尬。人们从那口泉眼里昼夜不停地刮水，昼夜不停地往箩筐里盛，而泉水老是那么昼夜不停地从石头缝里冒出，永不枯竭，水位也保持不变，这是大自然怎样的伟力啊！

到了涨水时节，泉水叮咚叮咚地一路欢唱，流过小溪道，流过石头缝间，流过我家前面的田地。泉井中，水从深处源源不断地往上冒，一圈一圈地翻滚着往水面送，泛起大小各异的水波，像舞动的荷叶，像大风中涌动的云，生生不息。那黛绿色的水藻，随着水的流动在日光下轻轻地摇曳，像风中斑驳的丝带在曼舞。这时候，整个自然界都在静静地绽放着生命之花，在这深山峡谷里，无声无息，却也轰轰烈烈。那水中的虾啊，或静默，或嬉戏，或随着水的流动到处游弋着，它们哪里知道，水中形形色色的螃蟹正在各个角落里蛰伏着。可这么细弱的水，还没等流到大江大湖就干枯在半道上了。看着这些比豆芽还要轻巧的虾子，那么的透明无瑕，像玻璃一样的冰线，真怕它们一不小心就被螃蟹掳走，消失在时光的阴影里。那些诸如鲤鱼的水中名秀已经去跳龙门了吗，只留下这么些小虾踟蹰流浪着，可又有谁知道它们内心深处的志向与追求呢?

解陋泉的秋冬则是另一番景象。泉眼处只剩下一个小水潭，泉上笼着一层热气，白白蒙蒙的，在水藻上轻柔地飘荡着，使你不由得想起一种超乎世俗的仙境。这时候或有泉水溢出，在泉井下游不足50米远的溪道中，在冰冷的石板上，潺潺地流着。周围一下子清静了，不见虾蟹踪影，但有冷风穿梭。记得30年前冬天的一个傍晚，同样是大旱挑水时节，我们几个大小伙子打水在泉池边洗澡，冷风一阵阵地，像从天外广寒宫呼啸而来，我们冷得直打颤，叫喊声更是响彻山谷。那时候，越是冷得刺骨，越是往自己身上泼水，反而觉得不冷了。皮肤腾着雾一样的暖气，已分不清到底是水中有暖气，还是我们身体能自我供暖，但洗完澡后穿起衣服的那种暖和，那种缺水岁月数月没大洗的感觉，那种炼狱之后如释重负而脱胎换骨的感觉，确实妙不可言。

解陋泉是我童年的乐园，单是溪边就有无穷的乐趣。清晨，几个玩伴相约，把自家牛儿往解陋泉周围的山上一赶，便闲得无事了。我们到溪边捉螃蟹，这事急不得，螃蟹这东西最会掐人，我有过刺心般疼痛的经历。所以那会儿，摸准了石块，站稳了姿势，一边手轻轻地搬移石块，瞧见螃蟹了，一边手跟着用木丫子压住螃蟹，看它能往何处逃。小的螃蟹就不用这么费事了，直接用十指围攻，直到它被玩得有气无力，再把它放到火上烤熟，脆脆香香的，别有一番味道。水旺的时候，我们挽起裤脚，在稍宽的溪里，搬着石头堆砌起来，再镶上溪里的淤泥，砌起了一道道水墙，水位一次次地升了，水墙也一次次地塌了，看着水哗啦哗啦地流着，一种莫名的成就感涌上心头。

直到听到关于解陋泉的一个传说，我们才很少到泉边玩耍。祖母神秘兮兮地说，很久很久以前，村子里有一对善良的夫妇路过解陋泉，看见一对蛇在泉池中沐浴，那蛇长着火红的鸡冠，火红的蛇信子，身上有火鸡一样的羽毛，有脚有须，全身通红。微风吹来，水中的云气越积越多，那蛇便消失在云雾里。不久，那对夫妇便生下了一对可爱的龙凤胎。这对龙凤胎聪慧过人，都成了栋梁之材。这事传开了，人们便把这灵蛇称为“火鸡蛇”。村里的几位老者还说，世代喝着解陋泉的水，整个村庄也都笼罩在吉祥里。第一次听到这样的传说，我越想越害怕，几个晚上一直到天亮也没睡好觉，后来觉得火鸡蛇是在庇护着好人，也就不再觉得那么后怕了。清代词人项鸿祚写的“井沸生澜通海气，中有老蛟愁卧”

说的就是这个情况吧。于是每次路过解陋泉，我都特意绕近它，四处瞧瞧，好像在寻找什么。泉水还在汩汩涌出，清澈见底，似流出了一条白色的飘带，闪烁着晶莹的光。我乘兴弯腰掬一捧清清的泉水品饮，泉水甘醇可口，令人久久回味。后来，每每路过此地，我总要喝上几口泉水，甜美的滋味在心头漾开。我还时常见到过往的人们到解陋泉饮上一口，那脸上总荡漾着满足和幸福。屯里人砍来自家的竹子，钻通竹的关节，把竹节串起来，连接到泉口，引水到各家水缸里，世世代代接受火鸡蛇的护佑。

20世纪八九十年代，村里大兴土木，家家户户要盖新房，解陋泉周围山上的许多大林木注定要成为房子的栋梁或楼层隔板。这些大树，有金丝李、樟木、红椿等。人们还爬上更高的山上，用一根根很粗的铁线把村庄和高山接连起来，通过这些铁线，把山上的木木草草带到小土窑前，变成烧砖瓦的燃料。铁线拉往哪里，哪里就寸草难留，好些年才能恢复生气。前些年，解陋泉周围的田地丢荒了，后来又种上一片速生桉。通往县城的公路也硬化了，很多年轻人换上了现代交通工具，把房子搬到城里去，却不知道家是搬不走的。不是么？有些人在城里和老家两头住，一头打工挣钱过日子，一头则维系着做农民的本分——种地。许多人有这样的想法：在泉眼下游三四百米外的路边建个蓄水池。于是解陋泉又被插入一根钢管，并铺就一层混凝土，很厚实，完全摒弃过去用竹笕相串引水的做法。水流不旺的时候，偌大的泉眼只能看见混凝土和水管。泉水通过水管流入蓄水池里，再通过管道分流到各家各户的小水池里，满满地盛着。每每饮酒后，喝一口家乡的水，虽然少了些过去的韵味，但那份对解陋泉的念想却是与日俱增的。

不管时光如何改变，我们再也不用挑水喝了。不但如此，村里家家户户还盖起了漂亮的钢筋混凝土房子，公路修到家门口，自来水接进厨房里。这是新时代的光芒。越是这样如歌的日子，我越是想起那解陋泉，想起那段苦涩的过往，那幸福生活的源头里，蓝天下斑驳的倒影里，有虾有蟹，有青山绿树，有淡淡的乡愁。

书声泉映

动肯泉在我所读小学的西南角。它的源头在路边一块很大的方形岩石下，水从其中翻滚出来，激起车轮般的漩涡，平缓地四下漫延，形成一汪潭水，溢满后穿过学校运动场底下的暗沟，再从运动场的另一端冒出，曲折地向东奔去。

泉水是那么的清冽，能看见潭底散落的青褐色的椭圆石子，黑里透绿的蕨草在泉水的漩涡中轻轻地摇曳着，宛若小姑娘招展着优美的舞姿。小鱼聚集在清澈见底的泉眼周围，好像呆呆地停在空中悬着，什么依靠都没有，静静地汲取着从石缝间出来的第一道泉水，听到脚步声就窜到石缝间曲曲折折地游弋着，或伏到蕨草下不动了。只见那柔弱的胡须微微扇动着，水泡点点滴滴，若隐若现，仿佛从鳃边冒出，与水中的蕨草互动着。

泉水是那么的美妙，那饱满的从泉眼底冒出来的水圈圈，开始像逗点那样小巧，盘旋着越升越高，越来越大，最后像雪花融在水里一样，消散在水面上，吝啬得没有一点涟漪。泉潭周围耸立着很多松柏，太阳透过细密的树叶缝隙，筛下一粒粒金子，散落在水面上，散落在刚刚升起的水圈圈上。水圈圈闪亮着，射出五彩斑斓的光。

小时候上学的那些年月，我每天都经过潭边，掬一捧泉水饮上几口，甜美的滋味沁人心脾，顿觉心情舒畅。因为泉水冬暖夏凉，这里洗漱很方便。每当听到起床铃声，我们便从床上弹跳起来，只需往牙刷涂抹一丁点牙膏，带上一个小口杯，往肩上甩一条毛巾，便可大大咧咧地往潭边去洗漱。

很多时候，我们会把黄豆装进一个布袋里，或直接绑着一抓干菜，把它们压到泉潭较深处，或绑到水底的石子上，既保险，又方便随时取用。

当时做饭很简单，直取泉眼的水放到饭盒里，和上玉米粉，加点油，便可端到饭堂的大蒸笼里统一蒸煮，然后美美地等待着开饭的时刻。条件稍好的同学，会在饭盒里放一块木片，隔成鸳鸯盒子，一边盛着干菜或黄豆，一边盛着米饭。

上学的那些日子虽然清苦，可因为活在清泉里，吃什么都是甜滋滋的。现在想想，在那个经常闹水荒的年代，我们却没有因为缺水而辍学，算是件很幸运的事。

潭边镶嵌着很多石子，围成1亩见方的小水池。这水池小得随便一瞧便能收入眼底。泉眼附近，还另外用青石板砌起一圈小矮墙，留着很大的缝隙让里外沟通着。我乡贤人说，这小墙有保洁的功用，墙内的潭水是洁净的，可饮用，而墙外则是洗衣、洗菜、洗手足之所。我却不太以为然，墙内墙外分明是一个整体，水是流通的，因此都应呵护起来。“一个身子站起睡倒或是翻个筋斗，总是一个身子，并不如猪肉可以有里脊、五花肉等之分，定出贵贱不同的价值来。”周作人《上下身》说的就是这个道理吧。

动肯泉这一带很神奇，冬天出奇的冷，夏日也很凉爽，季节总比山那边的村落来得晚，别处的玉米已经熟透得黄灿灿了，这里却是一片郁郁青青。据说这动肯泉下面的世界都是冰冷的水，地壳像鸡蛋壳子一样的薄，闹得迷信的人都不敢太用力走路，总有一种“铁马冰河入梦来”的感觉。

潭边原先有座庙，于20世纪80年代改成了学堂。旧时迷信活动的场所，变换成了传播科学知识的地方。从高山上俯瞰，有人瞧见运动场上有一处地方明显潮湿阴暗，据说那是原先庙宇的地方。最近几年，运动场铺就了水泥板子，阴暗处好像没有了。

学校建起了围墙，动肯泉也被包裹起来了，泉眼处也封上了水泥板，被保护得严严实实的。一根钢管穿过水泥板上的洞洞，把泉水抽到附近的蓄水池里，再通过这样的钢管，把水分送到家家户户。

泉眼外边的潭子原来围着的石子，现在换成了整整齐齐的砖墙。水依然满着，清澈得可见到底部的淤泥，就是分不清这是泉水还是雨水。

“酌贪泉而觉爽，处涸辙以犹欢。”王勃诗里之意，说的是人即使喝了贪泉的水，心境依然清爽高洁，并不滋生贪念；即使像鲋鱼身处于干涸的车辙中，心情依然开朗愉悦。动肯泉的水在漩涡中保持着清冽灵动的姿态，坚守光明的信条，一定会令许多从这里走出去的游子回味无穷，以至于不负天地，不负母校教诲之恩。

如今想想，琅琅书声中有淙淙泉流相伴，那种纯粹的、不掺假的感觉真的很难得。但愿后来的学子们都能珍惜这种惬意的时光。

灵湖松籁

武宣县城往东约10公里，是一个叫灵湖村的地方。“灵湖松籁”四字赫然镶刻在村口大门上，恰到好处地点出了此地的压轴风物——灵湖。清嘉庆十三年(1808年)《武宣县志》载:“灵湖在县东二十里，水色澄清。其源伏地涌出，四时不竭，青萍红莲点缀其间。湖岸绿柳浓荫，有大松三株数百年。盘曲苍翠，直上云霄。每风雨交至，籁由天发，如听涛声。县八景所谓‘灵湖松籁’即此。”

到了灵湖边，硕大的“灵湖”碑刻就立在泉涌旁，汩汩上冒的涌泉，感觉有某种神奇的力量扑面而来，忍不住掬一捧，入口甘甜清冽。清澈的湖水在青萍、红莲、菱角的点缀下，耀眼欲滴。湖里的植物泛着绿意，应和着泉水的涌动和小鱼儿的闲游，微微招展着妩媚多情的舞姿，与湖边杨柳摇曳着的枝条相互致意，牵连着无尽的情思。三棵数百年的古松直耸云天，高低有致，庄严地守护着灵湖。大榕树下，几个村姑一边悠闲地浣洗衣服，一边聊起家常，不时传来小孩儿玩水打闹的嬉笑声，颇有一番世外桃源的韵味。加上一望无垠的田园风光，好像走进了水草丰美的江南水乡画卷。

清雍正进士陈仁的《灵湖》一诗很好地描绘了灵湖的景致："澄湖七亩碧莹莹，水色岚光拂鉴明。铁干撑云双树古，银盘浴浪一鸥轻。新荷泛绿香初起，纤柳凝烟雨乍晴。仿佛坡公湖上趣，远山如画入眸清。"陈仁的家在灵湖下游的台村，家中几代人都曾在灵湖边苦读，后多登进士。陈仁的曾祖父陈明廉，为人义勇刚明，对武宣立有大功，邑人称之曰"安武"；其祖父陈世佩，以儒起家，乐于帮人，敕赠文林郎翰林院庶吉士；其父陈先睿为岁贡生，原任迁江县儒学训导，置桂林府教授，敕封文林郎翰林院庶吉士，再封翰林院编修；其叔父陈先谋，岁贡生，应赠承德郎工部屯田主事。陈先睿的长子陈休，岁贡生，任来宾县儒学训导；次子陈仁，进士；三子陈仪，举人，任永淳县教谕，调东兰县学政，升桂林府、泗城府、镇安府教授，内升国子监教授；四子陈信，邑庠生。陈先谋的长子王旂，邑庠生；次子王旒，岁贡生；三子王焘，邑增生；四子文澜；五子琢玉，过继迁台为后；六子陈旭，三甲进士，官至工部屯田司主事。现今灵湖边上的"兄弟进士"牌坊，想来是借此兴建的。

灵湖系泉水湖，湖底下泉泉相拥，一股股泉水翻滚盘旋，泛起一圈圈漩涡，然后像天女散花一样向四周散去，形成了20多亩见方的葫芦形水面，正常水位约2米，最深水位约3米，清澈如镜，四季不竭。灵湖泉水通过三里河（又称“阴江”）和水利渠道，分送到数万亩良田，直至流入黔江。

灵湖湖底暗流涌动，好像有无数个泉孔与地壳相通，把地球深处最洁净的水源源不断地往上输送，千百年来默默地养育着这一方水土，也像神明一样默默地守护着这一方土地。

相传，灵湖是佛祖飞来处。传说台村有一陈氏的牛失踪了，正一筹莫展时，灵湖东北边的草莽丛中突然显现三尊佛像，牛主人即跪拜许愿：“若能保佑寻到失牛，愿为此建造一座寺庙。”后来果然找回了牛，于是筹资建庙。因陈氏为台村人，而庙居灵湖村，故名灵台寺。灵湖下流还有水月庵，据传也是佛祖飞来处。传说佛祖自己飞到灵湖并神奇地端坐在其中，显示了灵湖的灵气，故而灵台寺和水月庵一直香客不绝。民间传言虽不可信，但志书却言之凿凿。清嘉庆《武宣县志》有载：“灵台寺在灵湖东，地素荒野。陈氏亡牛，迹至其地见如来像三尊，趺坐丛荒中。因祷之曰：‘如获牛，愿即建寺。’既而，果然因创造焉。有记。”可惜现在已找不到相关记碑。

一方水土养一方人。灵湖泉水流经的灵湖、台村、旧县等村落，历史上曾走出了一大批英雄豪杰。

参与清嘉庆《武宣县志》编纂并作序的张梦骥，生于书香世家，其祖父张瑚和其父张任忠均为清代贡生。张梦骥17岁中秀才，23岁中举，39岁考取进士，即任贵州绥阳知县，后升古州同知，护理贵东兵备道，为官清廉，政绩显著。张梦骥积极为当地老百姓排忧解难，深受百姓爱戴。70岁时告老还乡，不遗余力地教导晚辈，为后辈的成才做出了贡献。其子张炳辰中举后任怀集县教谕，另一子张耿辰为拔贡生，历任贺县、马平、象州训导。

武功将军张开成，16岁投笔从戎参加太平军，太平天国运动失败后随部投清，后深入中越边境，率3000余人与1万余名法军连战七昼夜，夺回镇南关等要塞。他一路从哨长、营长、军主将、参将，升至副将，获钦赐花翎武功将军，冠以资勇巴图鲁，镇守边关10余年。现灵湖村张氏祖祠大门上挂着“将军第”牌匾，上面写着“兵部尚书都察院右都御史两广总督张之洞为广西提标协镇钦赐花翎武功将军资勇巴图鲁张开成立”，可见其功。张开成为人刚直，疾恶如仇，敢为百姓做主。1895年回灵湖省亲，听说法国天主教堂在小河上游筑高堤坝，影响下游用水，当地官署不敢处理，于是他亲临教堂理论，教堂最终把堤坝降了下来。现在灵湖村的“将军第”就是为纪念张开成将军所设的。

自古以来，人类遇水而安，择水而居，临水而聚。水起无形，却长存天地间；流之无影，却能聚成大江大河，掀起万丈波澜。正是这样，千百年来，灵湖村一带的一些仁人志士，领风气之先，兴学办教，使孔门弟子风生水起，生生不息，并影响和形成一个地方赖以生息的文化和信仰。

历史不能忘记一个重要人物，张梦骥的外侄孙郑献甫，也叫郑小谷，壮族历史文化名人，清代著名教育家、经学家、诗人、学者，曾获清政府赐予“品学兼优、澹怀荣利、孝友廉洁、楷模士林”并加赏五品卿衔，后诰封为“中宪大夫”，被誉为“两粤宗师”和“岭南才子”。

清代蒋琦龄在记郑小谷时云：“曾祖名士，始入郡庠。祖璨，乾隆乙酉科举人。父珊，名诸生，教授乡里。”郑献甫出身书香门第，其母张氏为灵湖村人，不时还带他回灵湖探亲。郑献甫在《内兄嫂张母陈孺人七秩寿序》中云：“献甫，故武宣灵湖张出也。”“献甫愧外家之宅相，忆少日之门风。粥粥引雏，儿方随母；嗈嗈鸣雁，士正归妻。自此十年，长悬百里。”《外叔祖母张母梁安人墓志》云：“余外祖父伯仲四人，获见者二；外祖母娣姒亦四人，获见者三。献甫，长房出也，少时希至外家，又悬隔异乡，常有不逮之憾。”灵湖张家始祖张瑞，明代曾任广东廉州教授，“因从征大藤峡诸苗，寄籍广西武宣，遂家焉”。郑母曾祖父张瑚、父张任忠均为清代贡生。清嘉庆《武宣县志》载：“张任忠……品行端洁，不履城市，好施与有，称贷者度不能偿还以券。丙申丁酉岁荒饿殍载道，倾囊掩瘗。后司训永淳，以立品端方训士，凡学中有嘱托力拒弗纳。解绶日，合邑士民制锦饯行。”张任忠共育有四子，张梦驹为长子，张梦骥为四子。张梦驹为秀才，郑母即为其女也。郑母之胞兄张廷敬，即郑小谷之亲舅，为嘉庆辛酉年拔贡生。

郑献甫自幼受张家影响颇深。时灵湖村重建水月宫，献甫曾书一绝对上联“水月宫坐东向西湖北江南分左右”，至今仍无人能工整地对出下联。清同治三年（1864年），他书匾“世德堂”以褒灵湖张家之风，匾两侧分别写着“同治三年甲子孟春”和“刑部主事郑献甫敬书”。此匾现挂在张氏祖祠之内。

郑献甫14岁便中秀才，35岁中进士，授刑部江苏、云南司主事，为官14个月，因厌烦官场风气，辞官还乡，著书，设教馆。他先后在宜山德胜书院、庆江书院，桂林榕湖书院、秀峰书院、孝廉书院，顺德凤山书院，广州越华书院，象州象台书院，以及柳州的柳江书院任主讲，其门生遍及江南，最后卒于讲台上。郑献甫一生著作颇丰，尚流传于世的有《四书翼注论文》《愚一录》《补学轩文集》《补学轩文集续刻》《补学轩文集外编》《补学轩诗集》《补学轩诗集续刊》。清同治九年（1870年）主纂过《象州志》。

灵湖这一带历史上有文举人108人，另有贡生和生员100余人。现有张氏将军进士第、大灵桥等可供凭吊。下游的旧县村，曾是宋末明初武仙（今广西武宣县）有史记载的县城遗址。武宣县旧时又称“仙城”，西汉元鼎六年（公元前111年）开始置中留县，现县名建制始于明宣德六年（1431年）。只可惜旧城片瓦不存，历史留给我们更多的往往是遗憾和猜测。

灵湖这里走出了许多文化名流和英雄豪杰，也成就了许多景致和名胜。自宋代大画家宋迪以潇湘的山水名胜为题材绘成八景画以后，八景于是渐成时尚，各地纷纷效仿，各州、郡、县的八景相继问世。元明两代，各府、州、县修志，无不记有八景，八景入志成为修志的一种体例。旧时武宣八景之首的“灵湖松籁”，就是源于灵湖边上的三棵数百年巨松。这三棵巨松盘曲苍翠，每逢刮风下雨，松涛如籁，故得名。张梦骥在《八景合作》中云：“双髻晴岚耸碧空，三台叠翠映霞红。龙翻古迹钟声雨，鹤舞灵湖松籁风。石壁遗书多鸟篆，仙岩留迹半云封。坐看神窟流泉异，听彻音山迭奏终。”“灵湖松籁”就是源于诗中的“鹤舞灵湖松籁风”。民国三年（1915年）《武宣县志》对此景致记载最绝：“湖岸古松三株，盖数百年物，蛟蟠猊蹲，鳞爪骇愕，铜柯铁干，最为奇古。湖壖烟火半村，斜阳晒网，一林烟树，苍翠团云。每松涛激响，清送湖心。渔叟鸣榔，歌声迭起。与灵台梵呗，水月钟声遥相应答不啻。挟云璈而唱，紫云迴也。”志书把“灵湖松籁”描绘得有声有色。

与“灵湖松籁”交相辉映的是“灵湖秋月”。灵湖下游不远处有一座青条石拱桥，横跨三里河，人称“大灵桥”，又称“灵湖桥”。据考，此桥建于1921年，全长38米，高7米，孔跨6米，桥面宽4.2米，两侧有条石栏板，两端铺设有石条阶梯，是武宣县城通往勒马码头的要道。东西两面桥拱上各刻楷书“大灵桥”三字。桥与灵湖相隔100余米，在月光下，灵湖桥与倒影相互辉映，形成了“灵湖秋月”胜景。作为曾经的商家云集之地，灵湖桥以“灵湖秋月”特有的灵性谱写着桂中商埠码头的辉煌历史。

若水润物无声，若水向善崇文，这是灵湖泉传承的文化情怀和品格力量！如今，灵湖村诸如文魁、选魁、进士第、将军第、大夫第等牌匾，以及人杰地灵门头、进士桥、兄弟进士牌坊、灵湖广场、松籁公园，无不诉说着历代文人武将积极奋进的历程，也展示着灵湖曾有的光辉和荣耀。

徜徉在碧波荡漾的灵湖畔，时光在滚滚的泉涌中流淌，微风拂来，松涛飒飒，夹杂着泉水叮咚的声音，让人心旷神怡，久久回味。

温泉古韵

八桂温泉，象州名声最盛。地处桂中大瑶山西麓的象州，地形以连绵的山地丘陵为主，温热的泉流源源不断地从地底下几百米深处的热岩中奔涌而出。因此，象州也有“温泉之都”的美称。得益于温泉的熏陶，这里也成为中国佛教禅宗大师惠能的隐修地之一，还成长出像郑献甫那样的历史文化名人、清代著名教育家、“岭南才子”、“两粤宗师”。

我从象州县城往东出发，沿着307省道，去往7公里外离郑献甫故居不远的寺村镇热水村。秀丽的山谷中，右边湖水岛坡间，有数股清澈的泉水从不远处的山脚下袭来，在古像温泉度假村这一带低洼处形成一汪绿幽幽的大型景观湖，溢满后再向柳江流去。

湖水纯净清澄，连一点细微的毛发也隐藏不住，伸手掬一捧，凉凉的。这里路边不是挂着古像温泉度假村的牌子吗，泉水怎能这么凉?

时值己亥初秋，属于那种早晚凉爽、午间炎热的天气。在山庄选择一处旅馆，卸下行李，打听洗温泉浴的事，才知道这一带宾馆所经营的温泉水都是从一口很深的泉井中抽出来的，然后通过管道引到酒店的泳池里或各个房间的浴缸中。我觉得有点怅然。想象中清澈的温泉水应是潺流于青山环抱里，徜徉在野溪沟壑间，热气从其间徐徐升腾，一股股温热的气息在清新的空气里弥漫缭绕，温润着这山谷里的每一户人家和每一位过往的游客。就像明嘉靖“柳州八贤”之一张翀到象州温泉游浴后所抒怀的那样：

西风七月暑初收，浴罢温泉更此游。
仙客何年生羽翼，虚崖白日自春秋。
苔封古篆留丹洞，云锁山门绕碧流。
胜地不禁清兴发，孤峰一啸起寒飔。

可现实是不能理所当然的。南宁有九曲湾温泉、嘉和城温泉，柳州有凤凰河温泉，桂林有资源丹霞温泉、全州炎井温泉、永福金钟山温泉、平乐仙家温泉、龙胜温泉，玉林有容县黎村温泉、陆川九龙温泉、谢鲁天堂温泉、博白温罗温泉，贵港有铜鼓湾温泉，贺州有路花温泉、黄花山温泉、里松温泉、南乡温泉、西溪森林温泉，防城港有峒中温泉、上思布透温泉，来宾有金秀盘王谷药浴温泉，河池有南丹温泉，崇左有宁明花山温泉……诸如此类，没有一个不是搬到客房里或宾馆中的。朗朗乾坤下可供游人自由赏玩的温泉，现今恐怕很难见到了。

明嘉靖进士张佳胤在《安宁温泉记》中云："至温泉，乃舣舟登其亭，饭罢，观温池而浴之。"有"天下第一汤"之称的安宁温泉，坐落于云南省安宁市境玉泉山麓，明朝时没有被围圈起来，可供百姓和游人自由赏玩。而如今不同了，安宁温泉被企业包装得严严实实的，我们只能从古书里揣摩它的大致，或者买了参观的门票进入泉区参观体验。

现今散落于荒野各处的冷泉，比如青秀山的董泉、靖西的鹅泉、龙州的美女泉、巴马的寿珍泉、北海的海泉……大多还能就近赏玩，自由取用，不至于受围墙或建筑物阻挠，也不用为囊中羞涩所困惑。可若干年后，它们或许像大多数温泉一样，也逃不开被承包的命运。如今的一些矿泉水企业，好像也正在做这样的事。

入住酒店房间，即扭开水龙头开关，清澈的泉水奔涌而出，流入浴缸里，热气也顺着泉水出来，弥漫整个洗手间，像蒸笼般热得逼人。用手掬一捧泉水试试，确实烫得不行，很快就盛满一缸，但水还是很热，不能直接泡澡，它源头的热水恐怕还可以煮熟食物。当地志书说，这里的温泉水来自地下几百米深处的热岩，属地热矿泉水，水温高达86℃，水中富含硒，还含有偏硅酸、锶、铜、铁、镁、钙、碘、钡等多种对人体有益的微量元素，所以"浴可去疾，浸可烹鲜"。

借以温泉的美名，这里建起了温泉宾馆、温泉浴疗中心、温泉休闲度假中心、温泉游泳中心等设施，成为名副其实的旅游度假胜地。慕名而来的各方游客络绎不绝，这里停满了来自周围各省区市的车辆。他们只要在这里住店，就可以在游泳池里或各自房间浴室里免费泡到温泉。

象州温泉旧名濮水名泉，也称“温汤泉”“沸泉”“濮泉”，在历史上也是久负盛名。早在宋代，《舆地纪胜》就记载：“温汤泉，在阳寿县（今广西象州县）东二十里，洞出武单里，峒心石穴水常热，可以熟物。”明代曹学佺所撰的《广西名胜志》卷五载：“濮泉，在州东四十里，松桧森罗，水石交映，州人游赏之地。其上为石牛山，山多怪石，常有云雾蒙罩，天色晴霁，俨然牛像，头角俱全。”清乾隆《象州志》载：“濮泉，在城东二十五里，即热水之下流也。北流汇于象江，松桧森森，水石交映，名曰‘濮水名泉’，为州八景之一。”清同治《象州志》载：“温汤泉，在阳寿县东二十里，洞出武单里，洞心石穴水常热，可以熟物，即旧志之濮泉，今云热水。”

尽管志书对温泉与象州（州府）的距离记载有一定出入，但在古代条件下，也属情理之中。但志书中所描述的泉池美妙盛况，现今一点痕迹也没有了，实在遗憾啊。和云南省安宁温泉一样，过去那种云雾氤氲、露天可游赏、可自由煮物的条件也不再具备了，令人难以释怀。

郑献甫在《象州沸泉记》留下了关于温泉的一些珍贵记忆：“象州城东去二十里，而近有驿曰‘青山’。驿之南去半里许，有村曰‘热水’，名之以其泉也。村之间有溪，溪之上有桥，泉出于东西两岸，正者如滥，仄者如氿，流合于溪，当弥漫时，涨不辨源，然远而望之，蒸如甑上气，近而探之，热如鼎中汤。可以浴体，可以疗疾，可以熟物，村之人咸就其利焉。岸西者略温，岸东者尤沸。”

清代文人刘元春的《象州沸泉志》也详细记载：“象州城东二十许里，有热水村二。中间一溪，溪旁东西，各有穴出泉，沸如鼎中汤。溪东一大泉尤沸，游人以鸡卵投之，移时即熟可食；鱼肉亦可熟，微有磺气，故不堪食。土人之宰猪牛，皆以此汤之。或汲归沐浴，能愈疥癞，然鲜饮之者。溪西畔一泉，与溪水相合，冷热参半，可以浴。溪西上又有一小泉，虽不能熟物，亦热不可濯也。其尤奇者，夏多雨，溪水涨，农人潴以灌田，溪侧之沸泉尽淹，乃于西上田中，别涌一泉，清且沸，农人围以土，作小洫使自流出，亦无害于苗也，水消则复故。冬日严寒，泉气腾上，蓬蓬勃勃，如釜上气，如林间霏。遥望满溪，疑白云之舒卷也。惜通志不载，州志仅以温泉目之。夫天下温泉凡数十处，即广西亦有五，大都下有硫磺，或有丹砂，故温暖仅可浴耳，未闻有沸若此者。”

体察郑献甫、刘元春两位当地先贤的文情诗意，象州温泉的美丽绝妙，如亲临目睹，不必我多费笔墨了。两位先生其中所记细致入微，对自然风物的喜爱和敬畏溢满字里行间，用心良苦，足见情怀风骨。其中“热水村二”，与现今的“东热水”和“西热水”这两个屯的名称相呼应；“溪”及其“岸东”“岸西”，与现今东热水屯里的溪流情形大致相同。可见，象州温泉的真正源头应该就在东热水屯里。

于是，沿着溪流溯上寻路，到了东热水屯后面的林子里，山树茂密如伞，狭窄的小径早已被荒草荆棘覆盖。攀着树枝藤条，扒着狰狞的石头，直到“山穷水尽处”，连长满荆棘的小路也没有了。只见清澈的泉水从一处石缝间奔涌，源源不断，潺潺散开，水流不湍，可以确认这就是温泉水的源头。坐在树下冰冷的石头上喝着泉水，清爽怡人。泉水没有想象中那么热，与其说水温只是微热，不如说那只是心里对温泉的本能感应。往前俯视，稻浪若金，绿茵如波，层林叠翠，远山寂寂。小桥流水，村村落落，以及度假村别墅式的宾馆，历历在目。两条泉流在东热水屯口汇合，向度假村流去。夕阳西下，万山红遍。望那泉眼与溪流、度假村的泉潭，好像是棋盘上的棋子，在冥冥中相连。

总的来看，温泉水许多的情境还像志书所说的那样，只是流量和水温恐怕令人有点失望。所以，很多宾馆把水管子伸到很深的地底下，就是为了抽到更高温度和更纯净的泉水。

顺着溪岸，走在向晚的古老村落巷道里，一股原野的充满水汽的风从溪沟水面上远远拂来，空气里满满都是温泉的味道。

回到宾馆已是满天星光，度假村灯火如烛，山间暮色笼罩。浴缸里温泉水的水温正好降到了合适的温度，宽衣沐浴，身浸其间，泡罢温泉澡，筋骨立时得到放松，仿佛有一股真气在皮肤与肌肉间轻轻弥漫。有人品评这里的温泉为“中南第一温泉”，似乎并非溢美之词。

郑献甫的《热水铭》曰：

昔者秦皇行幸，厥有温泉，玉女投车，非无沸井。

> 炎洲南纪，热海西流。易著虚词，难为实录矣。吾州去城二十里，有热水焉！夏无火而焰青，冬有冰而烟白，浑包正出，沦涟旁流。其温者可以浴鹄，其沸者可以沦鸡。而乃青冷草间，汩没尘外，谢公之屐未到，桑钦之经不收，洵志地者一大恨事也！余生其乡，流览兹胜，觉江乘地纪，或曰半温，华阳国志，亦云长热，特较此中，具在其下，乃为铭曰：煮百斛鼎，其水常冽。涌万斛泉，不火而热。地志未详，天浆自泄。浴可去疾，浸可烹鲜。藏砂蓄硫，亦想当然。曲阿沸井，枣阳汤泉，格功量德，莫之或先。郑子为铭，刘生代镌。永峙一石，长垂千年。

天下无所不奇。天然泉水，世间凉热，象州全备。与温泉相呼应的是象州凉泉。县城西郊约6公里处的闷头村，有一眼凉泉，源源不断地往上奔涌着。无独有偶，目前已有客商进驻，对凉泉进行综合开发。

这是大自然的气数，也可能是一眼眼山泉的宿命。这样的安排似乎与时俱进，很合时宜，但于万物不知是喜是悲？如今象州共有可测流量的泉眼260多处，不论是山泉还是地下涌泉，其体量、清洁度、温热度等要素均独具特点，与发源于大瑶山深处的35条山泉溪流构成了一幅灵动的泉流图。可以想象，大自然对象州的这种偏爱几乎达到了极致和疯狂。

宋代苏东坡《前赤壁赋》云：“且夫天地之间，物各有主，苟非吾之所有，虽一毫而莫取。惟江上之清风，与山间之明月，耳得之而为声，目遇之而成色，取之无禁，用之不竭。是造物者之无尽藏也，而吾与子之所共适。”东坡先生说的是天地万物各有自己的归属，若不是自己应该拥有的，即使只是一分一毫也不能求取。只有清风和明月，取得这些不会有人禁止，享用也不会有穷尽的时候，这是造物主的恩赐，我们尽可一起享用。所以为人要常怀感恩、敬畏之心，对功名利禄要知足，对物质享受和个人待遇要知止。

但愿天下温泉凉泉也能如此，为众人奔涌，赐众人享用，不枯不涸，长流千古。众人也要秉持“滴水之恩，当涌泉相报”之情怀，像感恩父母所养育一样，感恩自然之所赐。

公母塘记

中华书局民国年间出版的《辞海》，将“鸳鸯泉”作为词条收入其中。鸳鸯泉何在？为何有如此声名能登入典雅之堂？

其实《辞海》所说的鸳鸯泉，地处桂西北河池市凤山县城附近。被称为“长寿之河”的盘阳河，其源头就是凤山县的乔音河。此河从凤山县城穿过，有一条小溪从东边流入城中与它汇合，这条小溪叫九曲河。溯九曲河向东走二三公里，景色旖旎，河溪清澈，淙淙潺潺，伴着黛绿色的水草，掩映在两岸的巨型楠竹丛中。此带人迹罕至，偶有两三户人家，也都紧闭门户，不闻其声。沿着渐升的山势往玉米地方向而上，到了河溪“丫”字分岔处，往左边或右边走100多米，各现一泉，左清右浊，称为“公母塘”，此为九曲河之源。

公母塘还有另外一个响亮的名字，叫鸳鸯泉，有贤人刻意让它与明代徐霞客联系起来。传言徐霞客闻公母塘之名，嫌有伤风雅，遂改称“鸳鸯泉”，可徐霞客游记的线路好像没有延展到这里。

凤凰山上凤凰鸟，化为山下鸳鸯湖。
鸳鸯湖水赐甘露，子孙万代得幸福。

凤山这一民谣道出了鸳鸯泉的另一段神奇来历。相传很久以前，九曲河这一带风调雨顺，人们过着美好的生活。附近山上一恶魔看不惯，于是施法作怪，导致这里连年大旱，百姓苦不堪言。栖息在凤凰山上的一对鸳鸯找恶魔评理，并和恶魔打斗起来，最后铲除了恶魔，又在凤凰山脚下撞开了两眼泉，以解决大旱之后的长久饮水问题。吃水不忘挖井人，人们便把这两口泉称为“鸳鸯泉”。

和许许多多喀斯特地貌一样，鸳鸯泉周围是数十亩田地，紧接着是三面环抱而来的凤凰山，其势高峻，绝壁万仞，极像凤凰回眸。从高处俯瞰，鸳鸯泉就像两个斑斓的凤凰蛋，被上天安放在大自然的巢穴里，散发着吉祥的光芒，让凤凰这非凡之鸟守护着。“凤山山出凤，凤非凡鸟”，说的就是这鸟吧。千百年来，许多文人墨客弄昏了头，至今还没有对出此联合适的下句。

鸳鸯泉左右两泉眼看起来大小相一致，占地仅一亩有余。被称为“母塘”的左泉，水色清澈，游鱼历历可数，是游泳的好去处。而作为公塘的右泉，水略显浑浊，泉底水草茂密，底部的淤泥很容易被搅动，所以很少有人去那里游泳。两泉眼间仅隔百余丈，可泉水为何有一清一浊的差异呢？有人曾花费力气对泉水的化学成分进行对比，结果显示差异极微。于是猜测：母塘更靠近山边，加上两塘深浅不一，随着日光入射角度的差异以及形成折射和反射条件的不同，从而形成水的色差。从流水的速度看，公塘水流相对湍急，因而对泉底泥土的搅动更大，也更容易浑浊。又因为两塘深度分别约为40米和50米，所以肉眼对泉底的能见度是不一样的，水色也就随之有差异了。

鸳鸯泉常年涌流不息，不知它的真正源头在哪里。用一根竹竿往里四下探探，没有发现明显的水下通道，泉池边和泉底下都是连接起来的石头，水应该是从石缝间隙四散涌出的吧。凤山气候宜人，溪流密布，天然泉水众多，从乔音河的源头起，就有多处泉水，鸳鸯泉的水很可能来自乔音河。围拢过来的群山满是绿叶，水是绿汪汪的，远山近水，上上下下，全都是绿的，乔音河就是汇聚着四面八方的绿中之绿，汇聚着像鸳鸯泉一样明秀清澈的泉水，源源不断地注入“世界长寿之乡”巴马瑶族自治县的盘阳河，使凤山被誉为“世界长寿之源”。

鸳鸯泉也有干枯的时候。据1942年黄光国总纂的《凤山县志》载：“城东公母塘，每三十余年，吞吐一次。吞吐时，两塘有响声，水漏下塘底，其声潺潺；母塘外之溪水，亦逆流返塘，水尽塘干。其底有乱石，不见有洞眼。每逢吞吐，全城莫不往观。约三点钟之久，水始复出，公塘依旧痕满，母塘依旧流出成溪。”黄光国乃凤山名士，原名黄文观，曾任广西省志采辑员，曾因率8000名民众修筑河池经万岗至田阳公路而得到省政府表彰，获匾题“路政宜勤”。由黄光国总纂的《凤山县志》，开凤山方志之先河，现存的《凤山县志》收录其诗89首。“天地一崖壁，高山流水来。但凡经此过，无客不徘徊。名胜清幽地，留题尚可观。水流山更好，别有一水间。”这是黄光国关于凤山山水的诗，曾在百姓中广为流传。其诗实在朴拙，正如其品格，所以他关于鸳鸯泉的记载应该是可信的。有人曾找到当年目睹鸳鸯泉吞吐之事的老人，印证志书所载的异象就发生在1937年夏季的一个午后。老人说，当时天地昏暗，电闪雷鸣，狂风大雨，泉水徐徐回流，很快便消失得无影无踪，但一两个时辰后又奔涌回流，慢慢恢复了平常的样子。

泉水瞬间消失和回流是怎么回事呢？我想这应该是一种自然现象。鸳鸯泉周围都是石山，和很多典型的喀斯特地貌一样，到处是石灰岩，不但山上有溶洞，就连水底也有溶洞和暗流。泉水突然消失的奇怪现象，可能是溶洞塌陷引起的。可泉水又是怎么回来的呢？我们可以想象，一场大雨过后，位于低洼地势的山湖汇集了周边大量的雨水，使地下水位迅速上涨，泉水也随之恢复了流量。这只是一种推断和假设，大自然的真正力量又何止这些呢？

鸳鸯泉在深山壑谷里，交通曾一度极为不便，反而显得清幽寂静。岸边草木藤蔓丛生，水面蜻蜓倏然浅翔点水，又有蝴蝶蹁跹起舞，四周则群山含黛。晚清名士罗云锦留诗赞曰：

鸳鸯湖水映碧天，岸柳曳风花自香。
识得此中真福地，更于何处觅仙乡？

我想陶渊明眼中的桃花源至多也只能如此境界！许多山川为何能成就其名，大概是水陆交通之便，人来人往之故。所以直到民国年间，“鸳鸯泉”才作为词条收入中华书局出版的《辞海》中。

公母塘也罢，鸳鸯泉也罢，其水细腻微甘，冥冥之中似有真意。凤山山歌唱道：“鸳鸯泉边鸳鸯飞，痴心相伴一世长；鸳鸯好比哥妹俩，相亲相爱到永远。”传说，男女月圆之夜到泉边祈祷，男喝母塘水，女喝公塘水，则恩爱如水之交融，多生双胞胎。传说不足信，或许是凤山人为自己打的广告招牌。据统计，周围村落新生人口双胞胎比率确实相对较高。许多游客到此一游，都满满地盛一壶鸳鸯泉水作为珍品带回去。

喊来泉记

一滴水滴在水里的声音是异常空灵玄妙的，而一个声响落在水里呢，该是怎样令人怦然心动的体验？喊来泉也许能给我带来些许答案。

清代陆祚蕃在其所撰的《粤西偶记》中记载，泗城（今广西凌云县）有“骂泉”，游客们想饮此泉之水，只要给牧童几文钱，牧童便对着泉眼破口大骂，击掌顿足，片刻间清泉就会涌流，但不久后又会枯竭。

一喊就出泉水来，真有这样“听话”的泉水？

大自然是奇妙的。百色市德保县马隘镇一个村子的山脚下也有两眼这样的喊来泉，平时泉水不大，到了春夏季节，只要朝着泉口喊，泉水就会涌出来，大吼则大涌，小叫则小涌，不喊则泉水渐渐变细，直到恢复原来的样子。桂林市兴安县白石乡山背村也有一眼怪泉。这泉有四个出水口，其中两个有细细的水流，另外两个干涸无水。若有人冲泉口喊叫，四个出水口齐奔碗口大的水柱，几个小时后才恢复原状。贺州市富川瑶族自治县的犀泉，如果有人在泉口高声呼叫，清亮的泉水就会应声而出，不一会儿工夫便注满泉池。

这是怎么回事呢？科学家们对此进行了研究，得出结论："喊泉"其实是一种虹吸现象，属珍稀的"多潮泉"。"多潮泉"，就是在岩溶地区的岩溶通道中，由于虹吸作用，形成具有一定规律的周期性涌流的泉。

那么，什么叫虹吸现象？科学家们给出的解释是，虹吸现象是液态分子间引力与位能差所造成的，即利用水柱压力差，使水上升后再流到低处。由于管口水面承受不同的压力，水会由压力大的一边流向压力小的一边，直到两边的压力相等，容器内的水面变成相同的高度，水就会停止流动。利用虹吸现象很快就可将容器内的水抽出。

虹吸管是怎么把水吸上去的？我们可以把胶管的一端插入盛水的容器中，另一端垂在盛水的容器之外，而且出水口要低于水面，这样水就会从容器顺着胶管流出。同理，也可以把管中的水想象成绳子，低水位容器里的虹吸管露出水面的部分较长，而且有较多的水，因此水绳子比另一边重，较重的一边垂下来时，管子另一边的水绳子就会往上流进管子。水分子之间的力量让它们聚在一起，使水绳子不至于断裂。

虹吸管是一项古老的发现。早在汉代，人们将虹吸称作“渴乌”，后来又有“注子”“偏提”“过山龙”等别称。《后汉书·张让传》中记载：“又使掖庭令毕岚……又作翻车、渴乌，施于桥西，用洒南北郊路，以省百姓洒道之费。”唐代杜佑的《通典·兵·隔山取水》中对此也有叙述：“渴乌，隔山取水，以大竹筒雄雌相接，勿令漏泄，以麻漆封裹，推过山外，就水置筒，入水五尺，即于筒尾取松桦干草，当筒放火，火气潜通水所，即应而上。”可见，早在东汉时期，人们已经熟悉运用虹吸技术进行取水灌溉。

无独有偶，都安瑶族自治县高岭镇弄池村百孟屯也有一口喊来泉，其情形跟兴安等县的喊来泉毫无二致。己亥秋，我有幸到都安体验此泉。带路的是一位老者，山脚树下，只见怪石丛中露出一处洞穴，小得只能容得下一个小孩。众人齐朝洞口大喊：“哎，来水啊，快点来水啊。”不到10分钟工夫，神奇的现象出现了，泉水从洞里哗啦哗啦地流出，先小后大，而后渐渐变小，直至断流。打开手电筒，钻过洞口，简直别有洞天。约莫3米高的洞顶，形态各异的钟乳石倒悬着。一层浅浅的泉水铺满地面，水波纹的光影折射到岩壁上。往里约3米，一汪深潭赫然入目。试投去一块小石头，有“哐啷”的水声回响，好像来自很遥远的地方。一股凉意袭来，不敢再往前深探了。相传，洞里有头白色的水牛，干旱时节，只要到洞口喊上几声，水牛就会在洞里翻滚几下，使得泉水从洞里溢出，村民们祖祖辈辈就用这个法子喊来泉水。

喊来泉的水是不是喊出来的？桂西桂北皆为喀斯特地貌，地表九分石头一分土，地下岩溶地质复杂，其间分布着很多泉洞，形成大小高度不一的水坑，在地下泉水涌上来后，一个个水坑蓄满水，溢出后就形成了水浪，导致泉眼每隔一段时间就有泉水流出来。由于这种特殊的地质结构条件，泉水在声音、水生动物活动的诱发下，就形成了泉流。当有人在泉前叫喊或发出其他声响时，声波传入洞内储水池，产生一系列物理声学作用，洞内生物闻声受惊，拨水涌动形成机械能，致使处于将要溢出的临界状态的储水池水面承受一定声压和激起水波，诱发引起虹吸作用，使泉水向外涌出。若储水池的供给水主要来源于地下水，则成为永久性喊泉；若供给水主要来自地表水，则成为间歇性喊泉。

像广西这样的奇泉趣泉，在安徽、浙江、贵州等地都有发现，平日不怎么涌水，一旦以石击地、石石相撞、拍手、吼叫、唱歌、争吵、朗诵等，泉水立刻就会奔流而出。最具代表性的是四川省广元市龙门山的一个峡谷中的碧泉，投以一块飞石，泉流就会发出"咯咯咯"的叫声，然后骤然停止流淌，犹如一位美丽娇羞的少女，见了生人便闪身藏起来，所以得名"含羞泉"。

清代陆凤藻辑《小知录》为此举了很多例子："'乐音泉'，强村乐音泉，唱浪淘沙曲，即得一杯……'咄泉'，寿州咄泉，大叫则大涌，小叫则小涌。'抚掌泉'，昭明读书抚掌泉，闻拍掌声则溢。'喜客来'，大茅峰喜客来泉，客至则出。'笑泉'，无为州笑泉，闻笑声则沸。'卫泉'，西宁卫泉，闻足音则溢。"其中名气最大的是安徽省淮南市寿县凤凰山脚下的咄泉。《水经注》有详细记载："溪水导北山泉源，下注漱石，颓隍水上，长林插天，高柯负日，出于山林精舍右，山湫寺左，道俗嬉游，多萃其下。”明代御史杨瞻赋诗赞其“清清灵脉发，闪闪瑞光浮。尘垢难污洁，珍珠不断头”，故亦名“珍珠泉”。明嘉靖《寿州志》云：“每闻人声，则泉水涌，小叫小涌，若咄之，泉弥甚。”咄泉又名“喊泉”。

最近几十年发现的喊来泉也有不少。如河南省新乡市辉县市沙窑乡郭亮村一石壁腰间，有一股清泉呈喷淋状落下，其水量也受声音大小影响；湖南省张家界市慈利县伏龙山腰，有感声泉，每到雨季，四周山水如注，而这口泉却滴水不出，当雷声轰鸣时，泉水便哗哗外流。

喊来泉的水来源于地下或深山水脉，水质均极佳。取之泡茶，必为上品；取之酿酒，酒水一定晶莹剔透，入口绵柔幽香。安徽的古井贡就是取用了寿县咄泉的水。取之做豆腐，如都安瑶族自治县210国道边上售卖的土豆腐，味道鲜嫩，销量极佳，这其中必然有优质泉水的功劳。

“喊来泉，喊来钱！”几处喊来泉，如今都有游人慕名而来，为寻趣探奇，也有出于聚财的愿望，想必是因为泉水是从四面八方汇集形成的，然后再流向四面八方。汉代伊始，人们就将“钱”改称为“泉”，用“泉”来称呼货币。宋人洪迈的弟弟洪遵撰有《泉志》一书，我以为是专门写泉眼的奇书，浏览数卷后才发现是自己弄错了，其实是一本考辨钱币源流的著作。如今收集古币的人也称为“泉友”。现今很多泉潭底下散落着各式金属币，想必也是出于这样的心理和愿望。

人啊，一年三百六十五日，有如此清泉雅胜，心神不再为金钱所困，日子一定会过得充盈而安逸，而后才能静心无求。立于泉口，气沉丹田，憋足心力，吼上几嗓，紧随着清泉汩汩涌出。那哗哗的泉流，是自己声音发力所产生的真切动感，还携带着赋予个人魅力的温热气息，那种喊泉的感觉一定美妙异常。

不老寿珍泉

地处桂西北的巴马瑶族自治县，一股巨大的泉流从百魔洞口奔涌成河，人称“盘阳河”。

其实，盘阳河的源头是凤山县境内的乔音河，经岩溶地区多段没入地下，又从多处地方露出地表，藏藏露露，到了巴马瑶族自治县甲篆镇坡月村百魔洞才彻底穿出地表，汇入不远处的红水河，流向大海。有人曾把谷糠投入三门海，却在百魔洞等几处泉流出口看见那些谷糠，可证实河水从四处岩崖潜流入地下，到百魔洞等几处地方复出地面来。

盘阳河的水很会滋养人。河水所经之处，是世界著名的长寿带。联合国界定世界长寿乡的标准是10万人中有7位百岁老人，而这一带是世界长寿乡标准的4倍。

长寿因素是什么？专家们认为主要因素是盘阳河流域有清澈的山泉水和充满负氧离子的空气。

有研究表明，负氧离子作为空气中的“维生素”和“长寿素”，能有效改善肺的换气功能，促进人体生物氧化和新陈代谢，适量的负氧离子对许多老年人的常见病、多发病具有预防和治疗作用。在巴马长寿村及水晶宫、百魔洞、百鸟岩等地方，每立方厘米空气中负氧离子可达2000~5000个，一些地方甚至达到3万个。而很多地方每立方厘米空气中负氧离子也就是1000个左右。

巴马为什么有这么多负氧离子？由于大气受紫外线、雷电、风暴、土壤等因素综合影响，产生电离而释放出电子，电子和空气中的中性分子结合而形成负氧离子。盘阳河流域森林覆盖率极高，磁场强，是多雷击地区，最易产生负氧离子。因此，来自全国各地的游客常年集结于此大口“吸氧”，往返溪壑山野间。

水是巴马的另一亮色。盘阳河流域有许多甘泉，可称天下第一，而且泉水的颜色、味道都大致相同，都富含矿物质，大约因为它们都是从盘阳河分别流出去的缘故。这些散落在石山各处的大大小小泉眼，统称“寿珍泉”。与其他泉水不同的是，寿珍泉水盛放在瓶子里，一年也不会变质。在茶界，此等泉水是泡茶的顶级水，泡出的茶色纯、味香，呷一口，全是长寿之乡的味道。

同样是水，是谁使它这样奇异呢？寿珍泉水在数亿年的喀斯特地层中形成，在地下四次潜行，又四次流出地表，独特的流程使其富含各种有益于人体的矿物质和微量元素，可激发生命活力，延缓衰老。就像一位历尽沧桑的世纪老人，一举一动都闪烁着人生岁月独特而深刻的哲思。如今，这一带生态极佳，青山绿水，空气清新，鸟语花香，让人流连忘返。这里活跃着全国各地的老人，他们操着不同的乡音，长期租住在长寿村，或散步，或对弈，或歌舞，或打太极拳，成为名副其实的“候鸟人”。

寿珍泉滋养着世界上百岁老人比例最高的东巴凤人。在这里，除了绝好的空气、阳光、水和地磁，还有敬老、爱老的传统。

清光绪年间，在朝廷为官的邓诚才，屡建奇功，荣归故里，用自己的俸禄购买种子送给当地老百姓种植，并将制作腊肉之法教给乡邻，造福乡里。1898年，光绪帝钦命广西提督冯子材为已百岁高龄的邓诚才题赠“惟仁者寿”牌匾，以彰其仁德。邓诚才感恩之余，还向朝廷进贡寿珍泉水等特产。邓老一生坦荡，心地善良，如寿珍泉水般清澈无瑕，温润寿乡，为后世楷模。那桃乡平林村敢烟屯是他生活过的地方，现在建起了仁寿山庄，成为长寿文化的集中展示平台，继续为世人指引一条仁寿孝义之道。

在仁寿山庄等很多地方，常常可以看到当地最纯正的补粮仪式。所谓补粮，就是补充食粮的意思。壮族、瑶族同胞认为，上天安排给父母一生的“粮食”是有限度的，当吃完这些“粮食”时，生命也快走到尽头了，为此父母上了一定的年纪要安排补粮，由子女做主，向神灵祈福添寿。补粮次数越多，越能体现孝心。因此，条件好的家庭，每年要安排给老人补几次粮。补粮前，道公先查老人生辰八字，若有“缺粮”迹象，则择吉日举行补粮仪式。

补粮仪式很庄重肃穆。老人子女作为仪式的孝主，在房中堂设置祭桌。祭桌旁边备有一箩筐大米，孝主所杀的牲头煮熟后全部端上祭桌供奉。仪式开始后，孝主面对祭桌下跪。道公则一边敲击铜鼓或钹、镲、锣、铙，一边念诵祷词。此过程中，孝主分三次给祖先神位敬酒献茶，受补粮的老人则提前坐到自己卧房的床沿上，双手拿一个红布袋，准备接受子女们补充的粮食。孝主手执黑色布条，布条的一端置放到祭桌旁装有大米的箩筐内，另一端则放在老人的怀里或手上。当道公宣布给老人补粮时，参加仪式的后辈们则排队次第到祭桌旁下跪，双手接过道公从箩筐里盛上的一碗米，再将各自备好的钱币（多少不限）放在米碗里，顺着这块黑布走到老人面前，恭恭敬敬地把米和钱倒入老人手拿的红布袋里，并说祝福健康长寿的彩话。所有到场的后辈一一给老人补完粮后，道公用法刀切出祭桌上一块已煮熟的肉，放到一碗饭上，送到老人床前，由孝主给老人喂食。然后道公将一条红布带系到老人腰间，再把祭桌脚上四根青竹竿放到老人床头或蚊帐上。此时宣布礼成，彩炮响起，仪式结束。

余以为，补粮对长寿是否起到功效并不重要，但它传递的却是为人子女者的一份仁孝情怀。子孝父慈，其乐融融，愉快地过好每一天，何愁不长寿?

宋代曾巩《墨池记》云:“夫人之有一能，而使后人尚之如此，况仁人庄士之遗风余思，被于来世者，何如哉？”说的是典范德行对后人的教化意义。

如今晶莹剔透的寿珍泉水有幸与长寿结缘，让许多游客到巴马都满满地盛一壶，带到世界各地去。但愿他们带回的是像山泉水般透亮的一颗颗仁孝之心，并把仁义孝悌的情怀传递弘扬下去，在时光的岁月里永远不老。

寻找重泉

听说古城宜州有一眼奇特的泉，叫重泉。其名缘于同等体积的重泉水比他处的泉水重。一打听，便被告知重泉隐藏在古城这片历经千年沧桑之后的土地中，早已难觅踪迹。沧海桑田，历史留给我们后人许多遗憾。这种遗憾里深藏着诱惑，这也成为我多次寻找和探看这处泉眼的动力。

重泉在什么时候悄悄降临，又在什么时候悄然消失，可惜已无人知晓。1918年覃祖烈编撰的《宜山县志》，是现今能读到的宜州历史上唯一的县志。其中有载："县南二里，水涌如勺，《宜阳志》云'龙泉涌其前，龙江绕其后'是也。其水重于他水，宋黄山谷以斗量之，果然，故又名'重泉'。泉上有欧公桥，山谷改曰‘龙济’。泉水南流潴为龙塘。”

这些文字，恐怕是重泉留给时光岁月唯一的记忆。

志书上提及的黄山谷即黄庭坚，他是分宁（今江西修水县）人，与秦观、张耒、晁补之为“苏门四学士”，与苏轼、米芾、蔡襄被后人称为“宋四家”。宋治平三年（1066年）中进士后，历官集贤校理、著作郎、秘书丞、涪州别驾、吏部员外郎，仕途坎坷，两遭贬谪，被罗织“幸灾谤国”罪名流放到宜州，除名羁管。宋崇宁三年（1104年），山谷先生到达宜州，先是僦居于黎家，几经辗转后迁入南楼，度过人生最后的苍凉岁月。其间，山谷先生常常散步至宜州南郊，细心的他惊奇地发现有一潭泉水与众不同，以斗量之，比重果然大于他水。重泉就这样被发现了。这些在山谷先生的《山谷集》和《宜州家乘》里都没有丝毫透露，却在《宜山县志》有记载。山谷先生在宜州讲学，将中原先进文化传入偏居一隅的宜州，宜州历史是不会忘记的。山谷先生去世百年后，知府张自明到任宜州，沿袭山谷先生足迹，“大兴教化，新郡学宇，又以州用赢钱二十万作龙溪书院”。《宜山县志》说张自明在山谷先生居住过的城西黎氏家址上建起了龙溪书院，前设山谷祠，后为书院，集祭祀、讲学、藏书于一体。可惜20世纪70年代末，当地为建职工宿舍楼，把书院及山谷祠给拆了。

沿着山谷先生当年走过的足迹，出了宜州城南往南山方向，到了城乡接合部龙塘社区。民房林立的街巷里，有一条小巷叫龙塘路，路右侧一间小卖部的墙脚边有一斑驳苍老的泉井，1米多见方，一汪清澈泉水显露出来，通过一个缺口向北流入涓细的沟渠。泉水没有想象的深，从浮萍漂荡的水面，可看见长满水草的水底，形似针线般的鱼儿正在水藻间游来荡去。与其称之为“潭泉”，不如说它是洗手的槽子，因为很甘凉的泉水，却没有除去污秽。我想这该不是我们苦苦寻找的重泉吧。

当地人说，这泉其实是“鸡吃水”，名字有点古怪。龙塘路这一带是古时人们从宜州去忻城、象州的必经之路。据传宜州进城赶圩卖鸡的人到了龙塘路这一带会歇脚。他们听说这里有重泉，其水比普通的水还要重，所以便以为这处泉水是重泉了，殊不知重泉已无迹可寻了。俗语云“只见鸡吃水，不见鸡拉尿”，这些卖鸡的人觉得让鸡吃点重泉的水对增加重量有帮助，于是就在此给鸡猛补一把水，久而久之，这处泉眼便有了“鸡吃水”的名号。

“鸡吃水”是冲着重泉的名头而来的。那么，真正地理意义上的重泉又在哪里呢？要考究清楚此问题，得从宜州古城的水系说起。

宜州是一座拥有2100多年历史的文化古城。秦时属桂林郡，汉元鼎六年（公元前111年）置定周县，晋改龙刚县，唐设龙水县，宋改宜州，后称宜山，明清为庆远府治，民国曾属柳江道，后改宜山县，1993年撤县设市，2016年成为河池市宜州区。宜州区人民政府所在地庆远镇自宋代开始，城市建设逐步成型。而整个城建规划，基本沿着龙泉、龙溪和龙江三条水系来铺开。滔滔龙江水，由西流向东，把宜州分为城南和城北。城北倚靠会仙山、南蛇山、青鸟山，山势险峻巍峨，地方相对狭小。而城南，以低矮的南山、鹩哥山、九龙山为界，地势平坦开阔，阡陌交通，纵横交错。特别是有两条溪水从山脚下蜿蜒向北，绵亘数里，与龙江汇合。两溪之间至龙江河，形成了古宜州主城区的基本架构。

比如宋代，从九龙山而来的龙溪，在古城之西南流入护城河。从南山发端的龙泉，与六坡水库而来的溪水在寺门屯汇合，形成了龙泉这一溪流，经过鹩哥山下，在古城之东南流入护城河。护城河溢满后，分别在城东、城西注入龙江。其中，龙溪注入龙江的地方是过去的山谷祠所在地，也是宜州八景之“墨池烟雨”所在地，具体地点为今山谷路轴承厂与河池市第一人民医院路口之间。志书说，原先这一带分布着大大小小的池塘，溪岸和池塘边多栽垂柳，山谷祠前面有一小池，池底有泉水涌出，十分清冽。泉边石上立一大石碑，上有楷书“墨池烟雨”四字，不知何人所书。相传这里是科举时代宜州文人赋诗吟唱、泼墨挥毫、聚会之所，倘遇春雨空蒙，轻雾缭绕，则景致更佳。现今中山公园八角楼后，是龙溪过处，有房子和大道覆盖，尚有水隐隐涌出。

《宜阳志》描述重泉位置为“龙泉涌其前，龙江绕其后”，很笼统。按此说法，重泉应在城之南，且在龙泉之左。《宜山县志》云“泉水南流潴为龙塘”，其中的“龙塘”与现今的龙塘社区和龙塘堡一脉相承，皆居龙泉之左。而“鸡吃水”如今向北而流，与“泉水南流”相悖，故可排除在重泉之外。

沿着龙塘路继续往南山方向，龙塘堡的一处坡下路边，在十几蔸大叶榕、绿黄葛树掩映下，是一潭很大的泉水，名字很有意趣，叫“水阁凉亭”，见泉涌，不见亭榭，不知何意。清澈的泉水从一块特制的巨型圆状水泥盖板下盘旋奔涌，向南汇聚，形成一汪很大的泉潭。潭中西边的水面立着一道很高的滤水砖墙，泉水从其中间隙穿过，注入另一方形池子里，溢满后再向西北流成溪涧，朝着城区流淌而去。这道泉水极大，泉流汩汩有声，有游鱼在其间穿梭。泉口深处，一根大钢管插入，旁边还建有抽水房，可见很多人日常用水都要倚靠它。水边古树下，立着两座小庙，匾额上分别写着“龙女社王”和“花婆老太”几个大字，字体规矩端庄，颇像当地道公的手笔。这是村民为祈求出入平安、风调雨顺、六畜兴旺而按风俗搭建起来的社庙。人们三三两两，在方形池子边，洗洗漱漱，闲聊之间，怡然自得，倒有点诗情画意。

有人说，“水阁凉亭”可能就是重泉。从泉流方向看似乎如此，可其水与“吃鸡水”一样，并没有重于他水，流量也远大于志书所述的重泉“水涌如勺”。

那么，现今的龙泉是不是重泉呢？龙泉在这里有两种概念。一种是作为泉眼的龙泉，后因“其水重于他水”才改称“重泉”。另一种是作为溪流的龙泉，源头在南山下，流经龙塘社区使重泉呈“龙泉涌其前”的态势。现今的龙泉水并没有“重于他水”，所以作为溪流的龙泉也不是重泉了。

重泉在哪里，流向何方，又是如何消失？也许在某个土坡腹底深处，也许在某座钢筋混凝土建筑物底下，也许某条巷道压住了它轻微的呼吸。时光历尽千年，沧海已成桑田，过去的荒郊野岭已楼房林立，我们已无从得知那段苍茫的岁月。也许在某一个漆黑的夜里，急骤的闪电和轰响的雷声瞬间打破了大地的寂静，狂风暴雨随之而至，就像有人摇响了秦始皇驱山的大铃铛一样，惊鸿一瞥间，重泉短路了，断流了，泥土山石轰然把它掩埋，像地震中被破坏的村庄，只能成为后人凭吊的对象。我听闻10多年前，梧州市发生了史上最严重的雨灾，白云山四恩寺一带山体崩塌了，崩塌处却突然冒出泉流，源源不断地奔涌，至今不曾干涸。重泉与宜州的邂逅，以及之后的神秘消失，是不是也缘于大自然这样的命运安排？

重泉是不是因为某种机缘和变故，突然转入地底下潜流呢？像现今的龙溪和龙泉，通过地下排水通道，在城区藏藏露露，神秘奥妙，唯恐让人看见泉流，成为有缺陷的景致，令人不禁叹惋。

重泉如今已无迹可寻，但900多年前黄山谷先生用来与之相比较的“他水”仍日夜奔流着，并被不断赋予某种特质和灵性，默默滋润着龙江两岸的古城大地。如龙泉边上有“鹤岭秋风”之称的鹩哥山，是抗日名将蒋百里的故葬之地，一方青山有幸埋忠骨。鹩哥山后的南山，是龙泉的源头，张自明在此留有多组摩崖题字，如双门洞的“采菊东篱，策马追路，共对南山，悠然一笑”，“南山山北北山南，一洞中分路口三”，等等。这些静默的大山，这些古朴的刻字，昭示一种无声的执着，为古城增添了几许文雅之气。龙隐洞悬崖上有清代摩崖石刻“寿”字，高4.2米，宽2.3米，为我国少有的巨型摩崖石刻“寿”字。其下方有一汪清泉，称为“寿泉”，与当地的长寿养生文化有密切关联。山上建有御碑亭，亭内石碑上刻着嘉庆皇帝赐予蓝祥的诗词。蓝祥乃清代宜山人，活到140多岁。出生于龙江河对岸的冯京，乃宋代最后一位三元及第状元。龙溪发端的九龙山，是明代宜山进士冯俊的迁葬之地。冯俊官至都察院右副都御史，专事申冤理枉，遇事敢为，官声甚佳……

古城这些名人志士，或出生于斯，或履职于此，前赴后继，掬一捧重泉之水，接受重泉的陶冶，让生命的价值和内核更加丰盈。他们用执着的理想与追求，让一方水土和人文在历史的长河中愈加沉淀，愈加厚重，愈走愈远。

唉，曾经神奇的重泉，徒有其神，不见其形，如今只有志书留下的一小段文字。如果把它以及周围的溪泉迁移到京城或省城这样的地方，必定有不少厂商承包经营，或引来更多贤达名流赏玩抒怀，说不定能留下很多记载，甚至风流韵事，让我这些后生之辈不至于如此苦苦寻觅而无果。故以文记之。

丹心玉泉

南丹的丹与泉，在南丹人心中，是一个特别的存在。

与很多广西人视丹泉为洞藏的美酒不同，在南丹人心中，丹与泉满含着更为丰富的密码，是某种招牌和代言。

不是么？一个千年炼丹之州，成就了如今南丹的名头。一股股从深山腹底奔涌而出的清澈泉流，酿出了透着琥珀光的酱香美酒。一瓶瓶被赋予“丹泉”的佳酿，蓄着多少丹文化的元素和长寿的密码？

丹泉在传说中是仙泉，饮之可长寿，在古书里甚至说能长生不老。《文选》记载的两晋游仙诗祖师郭璞的《游仙诗》云：“璇台冠昆岭，西海滨招摇。琼林笼藻映，碧树疏英翘。

丹泉漂朱沫，黑水鼓玄涛。寻仙万余日，今乃见子乔。振发晞翠霞，解褐礼绛霄。总辔临少广，盘虬舞云轺。”南朝江淹《谢光禄庄郊游》云：“始整丹泉术，终觌紫芳心。”吕向详注曰：“丹泉，丹峦之泉，饮之不死。”千百年来，丹泉一直以“仙泉”的形式存在着，与长寿养生有着千丝万缕的神秘关联。

在南丹县城关镇一带，来自云贵高原的凤凰山脉，有山如凤盘旋低翔，洞天酒海镶嵌其间，一股清澈的泉水从山底下的溶洞深处奔流出来，一年四季，永不干涸，人称“丹泉”。此泉不知是不是传说中的仙泉，但当地在这里取水酿造和择洞珍藏的美酒也称为“丹泉”。

走进凤凰山脉，走近那眼丹泉，先经过丹泉酒业厂区，空气中弥漫着五谷发酵而生出的浓郁酯香气息，才拐到山脚下，石崖立壁上“洞天酒海”四个大字赫然入目。此处是“洞天酒海”的出洞口，进洞口则在右侧约30米处。一股脑袋大小的泉流从进洞处下方一个小洞隙潺潺流出，蜿蜒翻过数米石渠，形成一段瀑水后，流入数亩莲池里。

蛮有文化气息的莲池，浑圆的石子使池水围着山沿铺开，曲径连着亭子在水上如北斗七星折转着。水是湛蓝的，倒映着瓦蓝的天空和苍翠的洞天悬崖峭壁。莲是亚洲莲，深绿色的盾状叶瓣上，盛放着洁白的花，像刚出浴的美少女。池中锦鲤三三两两，静静地呼吸着，仿佛在醉态中。端坐凉亭，微风吹过，送来美酒淡淡的酱香。莲池的周围直至“洞天酒海”洞口，立着数十块石刻。这些石刻记载着丹泉美酒文化，以及这些文化与当地风物之间的种种关联。

一池碧水，几朵莲花，相互辉映着，使洞口及山泉水出口这一带显得小家碧玉，精致尔雅，加上洞口瀑水一般的山崖峭壁，无处不撩人心弦，让你恨不得马上进洞探探泉的来头和酒的藏身之处。

进了山洞，一股凉意袭来。跟随灯光，走进这个天然藏酒洞，好像走进一条长长的时光隧道。

这里恒温恒湿，温度保持在16—17℃，相对湿度为80%—95%，为储藏白酒提供了绝佳的环境。洞内已开发13.3万平方米，储藏着5万吨53度的丹泉酒。洞内小的缸存酒5公斤，最大的缸存酒1900吨。如果按照一缸100公斤测算，那就是50万缸酒，所以它被认定为“大世界基尼斯之最——最大的天然藏酒洞”是名副其实的。

走在洞内，酒香一路伴行。曲径蜿蜒间，忽而飞瀑如练，忽而粼粼潭影反射，忽而泉流奔涌涧底，涓涓细水石上淌，又有流水涧沟过，不知其源，不知所终。云贵高原南麓莽莽群山腹底深处，经过天然泉水、恒温恒湿的环境、洞内空气等因素的综合作用，洞内形成了奇特的负氧离子群，为深藏其中的美酒源源不断地输送某种特殊的磁场和密码。南丹及贵州一带盛产酱香型米酒，很大程度上与这种环境有关。

洞天景观浑然天成，钟乳石形态各异，似人似物，栩栩如生，令人遐想联翩，流连忘返。有石如“酒佛迎宾”，倚靠壁岩笑盈盈，手持海碗细慢品，正到“花看半开，酒饮微醺”的最佳状态。有长廊名曰“饮者留名”，灵感源自李白的“古来圣贤皆寂寞，唯有饮者留其名”。石刻上题写着很多跟酒有关的典故，如曹孟德的“何以解忧，唯有杜康”，

“竹林七贤”的肆意畅饮，李清照的“沉醉不知归路”“误入藕花深处”，郁达夫的“曾因酒醉鞭名马，生怕情多累美人”。直教人敢问世间，酒为何物，不羡天上仙，再喝五百年。有岩壁如“酒仙居”，塑像中杜甫笔下的“饮中八仙”栩栩如生。有的岩壁别有天地，自成景致，如“天成酒窖”“金屋藏酒”“百福酒廊”，不仅有突兀森郁的钟乳石，还有晃着琥珀光的酒坛，上百坛美酒珍藏其中。“天下第一坛”则耸立在洞中一处较宽敞的地方，坛高13.9米，可存酒1900吨，康熙御笔“福”字镶嵌其中，是当今世界最大的酒坛。这些盛酒陶坛，本身含有丰富的微量元素，透气而不漏酒，让酒体与外部环境保持某种适度的接触，充分氧化老熟，醇化异化，产酯生香，使美酒随着时间的推移而醇厚绵甜、回味悠长，喝起来飘飘欲仙，但愿长醉不愿醒。

好酒为什么要洞藏？在我们的文化里，这是一个情结。欧美和澳洲很多地方，酿了红酒或威士忌，只是把原酒倒到木桶里，再放到地下室，等待时间醇化。而在中国，却要找一个山洞，让酒浆到更清幽的空间去醇化。这样的空间越广大、越幽深，形成的酒就越醇厚，越绵柔，越纯正，价值也会越高。不具备这些条件的，则把酒埋到土壤里。好水和好洞，是酿造好酒的必要元素。所以，同样的酿制配方和工艺，很多酒为什么不一样，大概与酿制和洞藏的环境相关。

很多有年份的酒为什么如此昂贵，其中就包含着不同时间和空间的成本。就像一个人，从年幼到成熟到苍老，历练环境和后天努力不同，其发挥的社会价值与获得的认可和地位也自然不同。正所谓人生百味如饮酒，不同的人品出不同的味道。

洞中的水系更是丰富而奇特，处处有泉流，未见泉水，先闻其声。其中一汪清澈的天然泉井，洞深45米，水深20米，泉水从地下深处源源不断涌流，好像地底下都是宽阔汹涌的暗河。这是酿酒的源头活水。南丹属喀斯特地貌，这一带群山环抱，林深树茂，泉水经过云贵高原大山的积蓄和喀斯特岩层的浸润，在石缝间隙找到了出水口，于是奔涌而出，成为可直接饮用的“神仙水”。

徜徉洞天冰冷潮湿的石径，灭火熄灯间，屏息静默，驻足片刻，一番“夜阑卧听风吹雨，铁马冰河入梦来”的情愫弥漫开来，让人心潮澎湃，志在千里。

行吟洞天，灯火阑珊处，反射着石壁上泉流过处熠熠的辉光，安静而单纯的世界好像只有潺潺泉流之声。此间一二刻，世上已千年。时光在这里仿佛按下暂停键，留下了一个深深的印记。

像洞天深处一片规模庞大的木化石林，黑褐色的条状石柱，木质的纹理和树木的年轮清晰可辨。这其间不知道经历了大自然多少惊天动地的变故和造化？据科学考证，这些木化石形成于3.5亿年前，现今能有如此重大发现的地方寥寥无几。洞口生长着植食性恐龙的主要食物——桫椤。这是一种古老的蕨类植物，茎直，中空，似笔筒，大型羽状叶子簇生于茎的顶端，是已经发现的唯一的木本蕨类植物，极其珍贵，有“活化石”之称，被众多国家列为重点保护植物。

木化石和桫椤的存在，见证了洞天的年轮，成就了丹泉不老的传说。

南丹的气候历来清爽宜人，夏夜盖棉被，空调无所居。半夜凉飕飕，可来一杯无？于是，一方酒风及其酒文化就兴盛起来了。

继续往前走，来到“延寿宫”，有唐代诗人曹唐《汉武帝于宫中宴西王母》诗刻于石壁上：

鳌岫云低太一坛，武皇斋洁不胜欢。
长生碧字期亲署，延寿丹泉许细看。
剑佩有声宫树静，星河无影禁花寒。
秋风袅袅月朗朗，玉女清歌一夜阑。

这首诗生动地描绘了汉武帝用丹泉美酒宴请西王母的故事。传说夜郎王曾向汉武帝进贡丹泉酒，因丹泉酒异香无比，遂被定为御酒。汉武帝希望江山万代，于是寻仙访道，欲炼仙丹，在昆仑山瑶池以丹泉酒宴请西王母，祈求得福得寿。

其实，炼丹术的最初源头是古代神话传说中的长生不老观念，如后羿从西王母处得到不死仙丹，嫦娥偷吃后便飞奔月宫，成为月宫仙子。《西游记》中的道家鼻祖太上老君的炼丹炉，干的正是炼丹的事。到了秦朝，此术兴起，始皇帝曾派徐福带3000名童男童女往东海寻仙丹，结果徐福一去不复返，为现今的日本人寻根问祖增加了一种传奇和可能。到了汉武帝刘彻晚年时期，炼丹术在全国风行。唐代情况更甚，唐宪宗、唐武宗、唐敬宗、唐宣宗等都是因为服用丹药而死的。上有所好，下必甚焉。许多名士文人也热衷于服食丹药。唐代白居易《思旧》诗云："退之服硫黄，一病讫不痊。微之炼秋石，未老身溘然。杜子得丹诀，终日断腥膻。崔君夸药力，经冬不衣棉。"此诗透露了韩愈、元稹、杜牧、崔元亮等大文豪服用丹药的秘密。据《列仙传》记载，所谓的长生不老仙丹，是由丹砂、云母、玉、石、代赭石、松子、桂等原料加温熔解而成的丸状物，其中的一些元素对人体是有害无益的。可惜直到明末清初，丹药对人体的危害才逐渐被认识，中国的炼丹业这时候才寿终正寝。

"楚王好细腰，宫中多饿死。"但凡统治者有需求，就会有人想方设法，不论生死，前赴后继。地处西南一隅的南丹作为丹砂的主要原产地，也无法幸免。可以想象，数支队伍浩浩荡荡从长安出发，奔赴全国各地，寻找炼丹胜境。其中的一支队伍风尘仆仆地往南进发，翻山越岭，用搜索的眼光打量沟沟壑壑，疲倦极了，饥饿极了，终于在云贵高原南麓发现了他们需要的丹砂，那种狂喜绝不亚于哥伦布发现新大陆。他们选好关隘，择准时日，开始探丹、采丹、炼丹，最终炼制出所谓的长生不老仙丹，整个工艺流程也越来越娴熟。

而南丹真正意义上的炼丹历史，是从明朝开始的。道家方士从明洪武年间进入南丹，到鼎盛时期州城内共建有道观庙宇17座，而且都设有采砂炼丹的作坊。据清乾隆十九年(1754年)版《庆远府志》记载，南丹盛产朱砂，且地处南方，故得此名。

志书载，莫洪燕纳土归宋时，按贡赋制规定，必进贡名贵特产，但南丹物产稀少，唯独矿产丹砂珍贵稀有。莫洪燕探知京城有道家方士正为皇帝炼制长生不老仙丹发愁，于是献上丹砂500斤。皇帝龙颜大悦，问知丹砂来自西南地区，遂赐名南丹，颁发州印，封莫洪燕为土司，并世袭。南丹土司统治由此开始，到清光绪三十一年（1905年）朝廷改土归流，整整统治了将近1000年。1918年改州置县至今。其中的明万历年间，发生了一件令人匪夷所思的事。那地罗氏土司罗武杰和其弟罗汉在道家方士的指导下，聚集家财到南丹丹炉山修建供道人炼丹、养身的“三山赤水宫”，祈求修道成仙。现在吾隘镇昌里村的丹炉山上，还保存着炼丹和修道的遗址，成为南丹唯一保留下来的重要炼丹遗址。那些斑驳的石头和那些由石头堆砌而成的城墙、城门、城楼，以及炼丹灶、炼丹庙、兵器制造厂、古营盘，仍气势恢宏，固若金汤。那种为了益寿延年而疯狂炼丹的热火朝天场景好像就发生在昨天。其中一块石碑上刻有诗云：“识得阴阳理，修成大道基。方圆和世俗，动静合天时。明月长为侣，真仙始作师。朝朝云水上，怀抱有谁知。”此诗表达了当时炼丹人的抱负和艰辛。

如今各地在改善环境，争创“长寿之乡”，虽然与丹文化所追求的养生长寿之道相似，但内涵更加丰富科学。为此而形成保护自然生态的自觉意识，以及对更高品质生活产生向往之情，这种健康养生文化，利人利己，利国利民。南丹也不例外地形成了这样一种积极向上的风气，“国家园林县城”等美誉让它魅力四射。过去由道家方士在炼制仙丹过程中偶尔炼出共生矿金属而推动形成的采矿和冶炼业，正在转型走向生态化的发展之路。生态旅游等一些绿色环保型产业也悄然兴起，并形成一个地方赖以生存和发展的底蕴和共识。

南丹地名之精华在“丹”，是国学精神的高度凝练，是一个人内心深处最纯最美的色彩。“留取丹心照汗青”“永剩丹心照古今”，千年传颂着未受世情玷污的纯洁和气节情怀。在南丹，丹文化也传承下来这样一种情怀大义。

《明史·兵志三》记载：“乡兵者，随其风土所长应募，调佐军旅缓急……广西东兰、那地、南丹、归顺诸俍兵……宣力最多。”明代郑若曾的《江南经略》记载：“南丹州官弟莫昆、莫从舜等领兵五百五十名。”《明史》又载：“田州土官妇瓦氏以俍兵应调至苏州剿倭……以杀贼多，诏赏瓦氏及其孙男岑大寿、大禄银币。”

以上说的都是南丹壮族莫氏土司组建的地方武装，在瓦氏夫人的带领下，奔赴东南沿海剿倭，战绩赫赫。明代浙江巡御史胡宗宪撰《筹海图编》称，广西俍兵“能以少击众，十出而九胜”，“可死而不可败”。再到近现代，抗日战争时期，南丹籍莫氏后裔莫树杰将军英勇抗敌，力拒日军于北部湾外，曾参加枣庄会战，并在大别山等地与日寇激战百余次，抵挡了侵略者一次次的进攻，传承了南丹人的一片丹心。

一杯丹泉，英雄豪饮。一颗丹珠，一方情怀。如今的南丹，丹与泉，矿与酒，完美结合，流光溢彩。

过去几个酿酒的老作坊，经20世纪50年代县政府出资收购，成立了国营南丹酒厂，到21世纪进行了转型升级，发展成如今的广西丹泉酒业有限公司，打造了集酿酒、藏酒、酒文化展示为一体的生态酿酒园，其规模产值和产品品质在广西独占鳌头。矿业方面，南丹实现了华丽转身，从古时的夜郎国属地和小作坊炼丹采矿之地，演变成名副其实的有色金属之乡，综合开发利用的矿种达到23种，锡、锑、锌、铟等矿产品在全国具有重要的地位，有色金属矿石年总产量有300多万吨，为中华人民共和国这座大厦不断增添钢铁般的硬度。

靠近出洞口的，是“酒纳百川”和“流香岁月”区域，那里陈列着世界各地的名酒产品，以及3万多吨的丹泉原浆酒。一缸缸，一排排，一列列，清晰地标注着编号、年份，以及厂长、酿酒师、保管员的姓名，尘封着多少时光的记忆和不为人知的往事。洞内还有专门提供给全国各地贤达藏酒的“名人酒库”，瓶瓶罐罐，各式签名，它们的背后是许许多多居于遥远的地方对其心心念念的主人。抚摸着一个个冰凉而硕大的缸缸罐罐，内心受到深深震撼，静默良久，心怀久久不能释然。

出了山洞，一片朗朗晴空。行至泉池凉亭深处，掬一捧泉水濯手洗脸，沁人心脾，神清气爽。

清澈的丹泉水、醇香的美酒、长寿养生文化、千年的土司……给勤劳智慧的南丹人带来无限的遐想和满满的动力。

宜北泉潭记

云贵高原经黔南向东蜿蜒，到了桂西北环江、罗城、融水三个自治县的交界地带，碰上丘陵地形便顿生倦意，戛然而止，围拢形成了峰峦起伏、气势雄伟的九万大山。

韦炯隆在《广西山名解读》中云，九万大山的“九万”非数字表述，而是壮语“九怀”的汉文音译，意为“水牛头”，九万大山实为“水牛头山”。水牛际会之处，水系自然发达。发端于此的河流大大小小共有74条，其中较大的有大环江和小环江，构成了环江毛南族自治县最主要的流域水系。两条江流自北向南蜿蜒萦回数百里，流过幽壑深谷，穿过连绵青山，览尽毛南族山乡一派田园风光，分别在金城江和宜州注入龙江。

在环江，九万大山主要分布在明伦、龙岩、东兴、驯乐等几个乡镇，都是毛南族聚居区。历史上，这里曾置安化县，因与其他省的县份重名，1913年改名宜北，治所在明伦镇。民国《宜北县志》云“以其在宜山之北”，故名。直到1951年撤销宜北县，与当时的思恩县合并为环江县，治所才迁至现今的思恩镇。

作为古宜北县治所在地的明伦，位于九万大山腹地，山山相望，水水相亲，尽得天地之宠，独享造化之功。青山环抱里，藏风聚气，其间数条溪泉之水在这里汇聚并穿越而过，是一个风云际会的好地方。独特的地理格局，让很多山泉在这清幽之境日夜奔涌，很多溪流在这里相交汇合，各路豪杰也在这里集结待命和出发。

这一带林深树茂，青翠欲滴的连绵群峰下，掩映着许多古老的生物。国家二级保护植物，与恐龙同时代、被称为“活化石”的桫椤在溪边随处可见。兰科野生花卉有80多种，其中名贵珍品含笑花就有11种。原始观音座莲属、石杉属至今依然茂盛生长。九万大山是桂北森林原始自然状态的缩影，拥有广西45%的高等植物，物种资源仅次于西双版纳，是我国第二大物种基因库。九万大山也是野生动物的乐园，华南虎、苏黑熊、云豹、短尾猴、猕猴、鹰嘴黑颈长尾雉、娃娃鱼、门羚、灵猫、红腹锦鸡等珍稀动物都曾在这里出没。

这一带沟壑幽深，溪流涧水纵横，飞瀑流泉随处可见。小环江其中的一条主要支流明伦溪（也称“龙潭河”）就发源于这莽莽群山中。明伦溪的源头位于明伦镇西部，由三条泉流组成。龙水村肯贵、地仙、塘好三屯山中有泉涌，流到下梅林，与发源于臣洞屯的泉流汇合，经才西屯后分成两条溪流。其中一条溪流向东北流过明伦街，与街巷里的几股泉流打个照面后，过下关屯注入明伦溪；另一条溪水则向西南拐去，与发源于敏洞屯南面山中的泉流相接应，再折向东北流去，最后汇入明伦溪。明伦溪带齐了这一带所有的山泉水，穿过低洼的沟壑，一路向东南奔袭，在龙岩乡安山村汇入小环江。

可是，明伦溪与小环江的相汇并没有那么干脆利落，甚至还藕断丝连，像刚刚出娘家门的大闺女，在即将上轿子的一刹那，回过头来，再深情看看她身后的乡土和亲人，内心涌起多少的眷恋和不舍。明伦溪流到镇东郊约1公里的地方也这样犹豫了那么一下，稍做回旋停留，形成了一汪深水潭和雄壮悬瀑。据民国《宜北县志》载："龙潭在城厢龙潭村边，水流潺潺，近如钟响。瀑布水悬高十余丈，潭内之水清澄无比。县府每携煮茶饮之，暑气全消，精神爽快。名人临此游览，络绎不绝，此系附城之胜地也。"这里的龙潭就是明伦溪稍做停留所形成的水潭。

到了龙潭北岸路边，穿过明伦溪畔的几处田地，爬到靠溪的土丘上，往明伦街方向眺望，才能看到一帘雄奇瑰丽的瀑布居高临下，飞泻潭中，溅起的水花像晶莹的珍珠一样四处散开，落入潭水中，响声如雷，银光闪烁，真是"疑是银河落九天""大珠小珠落玉盘"，使人深深震撼。在九万大山，像这样一条条溪流逶迤蛇行，历尽急滩高崖则悬瀑如练，不知造就了多少千姿百态的景观。附近的杨梅坳、牛角寨等地方，就是这样由泉流重重交合成溪，溪水再汇聚于谷，淌流于深山石板上，生成了通天瀑、双龙瀑、孔雀瀑、水帘洞、三叠泉、天梯瀑、七仙女瀑布等壮观的瀑布群，让人不得不叹服大自然的神奇。

而龙潭，是这一方天地间的集大成者，九万大山在整个明伦的水系皆际会于此。20余亩的水面，清幽碧绿，深不可测，蓄藏着这一带所有的清流。立在潭边的土丘上，大水冲刷形成的习习凉风夹杂着潮湿的气息迎面扑来，视线蒙蒙眬眬，如临奇幻之境。前方一股股溪流从30余米高的深谷壁崖上坠入潭中，传来哗啦哗啦的声响，这是明伦溪要远离此地时伤心痛哭的声音吗？

龙潭两岸均为高崇险峻的岩壁，如屏障一样围护着深谷里的水道。岩壁朝着潭水，纵横30余米，不知深几许。俯瞰岩壁，只见石头纹理润泽，皆有瀑水从其表倾泻直下，直飞潭中，水花四溅。靠左岸的潭水中，一块奇异的巨石探出水面，形如猪八戒戏水。岩石顶上，奇峰突兀，草木丛生，形态各异。目光拉至潭的东侧，有黑石匍匐水上，貌似神龟向潭中游。“神龟”之下，是一排天然石阵，从右岸列队到左岸，呈“之”字状，人称“过江龙”。认真一瞧，真的像一条巨龙横卧溪潭中，锁住溪水的流动，似是舍不得它远离明伦，流向他处。

溪水依依，有情有义。明伦溪至此徘徊，除了留给世间惊艳的泉瀑，更有一段神奇的告别表演。相传，在一个清晨，有一村姑到潭边洗菜，突然发现潭水干涸了，潭底下显现出金碧辉煌的宫殿，随之响起动听的声音，旭日祥云之间，美丽的七仙女正与龙王、神龟、鱼虾等翩翩起舞，其乐融融。等村姑回过神来时，潭水又不知不觉地涨了起来，恢复了原状。

龙潭的美名由此传开，怪不得桂西北山歌传唱：“桂林有座象鼻山，柳州有个鲤鱼岩。宜州有条下枧河，宜北有个好龙潭。”出生于斯的著名爱国将领卢焘将军，1948年6月回乡探亲时，亲临龙潭览胜，也曾作诗云：

不必临渊羡，平生常自醒。
那肯随波流，任他热还冷。
我欲问鱼乐，跃跃不能语。
终非此中藏，冲天作霖雨。

细品诗句，可见将军衷肠风骨。卢焘将军乃壮族人氏，家住明伦街上狮子山下。这一带水系也很丰富，是一个能捏出水的地方，到处有泉眼奔流，家家户户被养护在清澈而丰盈的泉水间。卢焘将军家四周到处都有泉眼。屋后狮子山上10多米高处的石头缝间就有一泉眼，一股拇指大小的清澈泉水常年潺潺流着。北面约50米处也是一泉眼，泉水从地表深处泥土里源源不断地奔涌着，浇灌了一大片良田。东北侧约200米处山脚下的公路边上，建起了蓄水池。清澈的泉流就从池子上方流入蓄水池，再通过接入水池的管道流入各家各户。东面约100米的巷道边，镇政府大门斜对面，有二泉，被水泥和砖头围护成井，拓碑刻字，一曰“甘洞泉”，一曰“波阳泉”，至今常年还在奔涌，水底的砂砾、成群结队地从岩石下游出来的小鱼、水草均清晰可见。其中波阳泉碑刻落款文字为“民国七年（1918年）秋月”。碑文内容为“莫为之前虽美弗彰，莫为之后虽盛弗传……清光绪三十年（1904年）设立县署于斯，此泉是为公署村人共饮之水也……复请石匠以修整此泉分作内外二塘，以分清浊，重保卫生……内泉供食饮之用，外泉备洗濯之需……”，足见明伦人的胸怀和智慧。

卢焘将军从小便生活在明伦这一片清流中，得到九万大山清澈泉水的滋润和恩泽。家境贫寒的他，小时候常跑到泉边，掬一捧泉水喝上几口，又到私塾那里接受启蒙教育。后来，他辗转到大姐夫家住地庆远读书，17岁参加庆远甄别府考，得头名。1900年结业后，到梧州海关和柳州清军中任文书等职。1905年加入同盟会，从此走上革命道路。1909年投入云南陆军营部当司书，考入随营学堂，次年随营学堂并入云南讲武堂，卢焘被选入步兵科特别班。毕业后参加云南起义，转战川滇，屡建奇功，先后升任护国军东路支队第二团团长、护法军第一混成旅旅长等职。1920年代理黔军总司令，次年正式担任黔军总司令兼贵州省省长。1922年亲率所属黔军和滇军五旅，离开贵阳赴两广，支持孙中山的革命运动。1923年受孙中山之邀，赶赴广东协助进攻陈炯明，被孙中山任命为大本营高级参谋和高级军事顾问。贵州解放前夕，省府溃逃，国军撤走，贵阳一片混乱，解放军工作组请他出面维持大局，各界人士也组织贵阳市民众成立临时治安委员会，公推他为主任，他欣然就任。

君子曰：“从善如流，宜哉。”此话说的是听从了好的意见，就像流水一样自然，这是很合时宜的事啊！得益于宜北泉潭的熏陶，卢焘一生与家乡泉流之源九万大山深深结缘，长期在贵州任职，带领一方百姓像流水一样顺革命之大势，步历史进步之潮流，为国家民族做了许多好事，被誉为“活菩萨”和“和平使者”。卢焘将军凛然正气，宁折不弯，在政治上与蒋介石泾渭分明，坚决反对其反共、独裁和内战的方针政策，始终不为其所利用，屡次拒不受湖南省主席兼第四路军总指挥等任命，甚至不惜隐身山林以避之。贵阳解放前夕，拒绝任国民党所聘的“反共保民委员会”委员，却欣然担任迎接解放的贵阳市民众临时治安委员会主任，为防止和抵制种种破坏活动奔忙。国民党特务恼羞成怒，秘密暗害了他。朱德为他题写了“英雄不死，永志人心”的挽联，代表了亿万人民的心声。1986年，民政部追认“为革命工作壮烈牺牲”的卢焘为革命烈士。

斯人已逝，令人扼腕。而发端于九万大山腹地深处的宜北泉潭溪河，仍长流天地间。一方山水造就着的壮美景观和人文掌故，像黔桂茶马古道那样在我们每一代人的脚下延展，像“汉马伏波寓此”摩崖石刻那样散发着缕缕辉光，像北宋牌坊那样在历史的长河中傲然挺立。

这些长满苔藓的一丝一物，正在慢慢铺开那段过往的时光和峥嵘的岁月。

狮子山脚下，将军故里，只留下一片种满庄稼的土地，疏松的土壤间隙，隐约可见数块残砖断瓦。明伦街头，溪边古老的石拱桥上，一座锥形山体凝聚厚实，萋萋草木间，上山小径修到了峰顶的凉亭前，整体构成了卢焘公园，任后人景仰凭吊。立于凉亭中，一切山的样貌，连绵横亘互相倚靠的，像粮仓匍匐着的，像宝马金鞍的，像螺蛳潜行的，像虎狮滚球的，狭长的，堆叠的，高尖的，大山环绕小山的，山林丰茂而有泉流的，沟壑低陷而溪瀑潺潺的，都尽在眼前。这时，呼吸的气息似乎可以达到天帝的龙须，心怀豁然开朗，这才明白造物主对明伦是多么的偏爱。

而贵阳市百花坡，有幸埋忠骨，让这位来自桂西北的爱国将领捧着一颗心隐入山林了。他顶天立地，背靠云贵，面朝宜北，携山川日月化作春泥，更护着滋养他的九万大山，以及这里的一草一木，溪溪水水。

这难道不是古人所说的“乌鸦反哺”“涌泉相报”的道理吗?

冰井泉香

每一次到梧州，都要喝一碗冰泉豆浆。那种饮而入喉的醇浓、甘甜、香滑，着实令人回味无穷，久久不能忘怀。

冰泉豆浆是梧州的地标性美食，滴滴醇香，凉冻后液面上会凝成一层薄薄如纸的皮，滴落在案桌上，则聚而成珠。将其斟进碗钵，如浓浓的乳汁，又如琼浆玉液。用汤匙舀起豆浆滴下，宛若一串下坠的断线珍珠，珠光闪闪，入口香甜莹滑，口齿留香。这种独具风味的豆浆，得益于白云山腹地“冰井泉香”的泉井水。

“冰井泉香”这么儒雅的称谓，最早源于唐朝时期，距今已有将近1300年的历史。据清同治年间的《苍梧县志》记载，“冰井泉香”乃梧州古八景之一。按志书的描述，那是一片绿树婆娑、草长莺飞、清静幽美的胜地，东起锥子冲，西至冰泉冲，北到凤凰山顶，南临如今的梧州市二中操场。冰井泉水甘甜清冽，楼台亭榭别具韵味，小桥流水依依，莲塘惹人喜爱。历代文人墨客对此都有记载。宋代诗人任诏诗曰：“源泉池中生，莹净可鉴影。命僧旋汲之，入口胜霜冷。试烹白云茶，碗面雪花映。”清代黄裳吉诗曰：“为访幽岑踏径苔，寒泉相对赏心开。琼花滟滟随云起，玉液溶溶滴露来。”清代邓建英赞曰：“绿树层峦合，青苔古径幽。跨崖开别殿，凿石引清流。”

“冰井泉香”的核心要素是“冰井”，是唐朝诗人元结发现的一口古泉井。元结乃唐代道家学者，原籍河南洛阳，曾归隐商余山。唐天宝十二年（753年）进士及第，代宗时任湖南道州刺史，唐大历三年（768年）调任容州（今广西容县），加封容州都督充本管经略守捉使，政绩颇丰。其间，元结从道州刺史调至岭南道的容州任刺史，兼御史中丞、容管经略守捉使时，安史之乱已平定10年，但容州等十几个州中仍有8个州的少数民族还在举事，如西江流域的大藤峡瑶民起义，大大小小战役就持续了上百年时间。而此时作为容州刺史的元结，无法顺利前往官邸履职，只能寄居今梧州远程办公。这一停留，为梧州大地增添了不少人文佳话。

元结在梧州期间，常登临白云山，经过冰泉处，见有清泉从石缝间溢出，其水清澈洁净，尝之冰凉爽口，于是命人挖井蓄之，取名“冰井”。“冰井”二字，本指藏冰的地窖，也指冰川上方的表碛因温度增高使其下部的冰遇热融化而成的洞穴。元结以“冰井”给山泉命名，可见其水不凡。志书亦载，当时井呈圆状，宽五尺，深丈余，水溢过平地，尝之甘寒若冰。宋《太平寰宇记》云“其水甘凉清冽，非南方泉比也”，《梧州府志》云“梧州城东有井出冰泉，井水甘凉清冽”，说的都是它的水质上佳。元结欣然作《冰泉铭》，并刻于井旁山崖石壁上。铭文曰：“火山无火，冰井无冰；唯彼清泉，甘寒可凝。铸金磨石，篆刻此铭；置于泉上，彰厥后生。”另附小序云：“苍梧郡城东二三里有泉焉，出在廊中，清而甘，寒若冰。在盛暑之候，苍梧之人得救渴。泉与火山相对，故命之曰‘冰泉’，以变旧俗。”

冰井居西江之北，对岸有一峰峦名为“火山”，与之遥遥相望。大自然这种“冰”与“火”的格局，包含着《易经》中的“一阴一阳谓之道”，以及五行生克的学说，闪烁着中国古老的哲学智慧。志书还说，后有郡人在此建作坊，用冰泉井之水制作豆浆，兼营民间小吃，美味可口，远近闻名，“冰泉豆浆”由此得名。

井之侧依山坐北朝南建了一座寺庙，本名罗汉寺，因冰泉井的缘故，改名冰井寺。据载，冰井寺内曾有很多雄伟建筑，有二钟二鼓，有大殿，还有供游人休息的“尘外风光”堂两间，僧房、斋堂等一应俱全。寺门左边书写着“云山古佛场”，右边写着“冰井唐贤绩”。明朝时，为纪念元结，在冰井南面又修筑了漫泉亭，时任两广总督叶盛题《修漫泉亭记》。

明代苏州府昆山人郑学醇在《重访冰井寺》中云：“寺忆曾游日，悠悠二十年。振衣新物候，举目旧山川。绝胜开金刹，高风仰昔贤。杖藜成独往，今古意茫然。”

清初画僧石涛也曾清修于此。石涛乃明靖江王赞仪十世孙，清顺治二年（1645年）由桂林赴全州，在湘山寺削发为僧。清顺治四年（1647年）为避兵祸，转赴梧州冰井寺修行。清顺治七年（1650年）转赴庐山开贤寺。

清光绪二十三年（1897年），梧州被辟为对外通商口岸，设立梧州关，由外国人任关务主管，官邸曾设在冰井寺内。梧州海关《十年报告·梧州（1892—1901年）》中提到，冰井寺始建于唐代。清光绪三十一年(1905年)，因废科举兴新学，时梧州知府庄蕴宽以冰井寺为基础建立了冰井学堂，使冰井寺从传扬神学的地方一度转换为新思想的传播之地。

20世纪60年代，冰井寺在一场轰轰烈烈的运动中被毁。今尚有《游冰井寺》碑藏于梧州市博物馆。《重建冰井禅寺记》碑列于市北山集碑亭。“寿”字碑存于白鹤观内，碑特别大，高180厘米，宽85厘米，厚13厘米，阴刻“寿”字，落款“陈抟书”。陈抟生于唐末，亳州真源（今河南鹿邑县）人，科举进士不第，隐居华山修身立著，擅长书法，尤善腕力，传说可以腕之力敌百余人，人称“腕仙”。陈抟的传世墨迹不多，所书冰井寺“寿”字一气呵成，笔力苍劲厚实，极具收藏价值。冰井也在同一时期毁于一旦，古八景的“冰井泉香”也因此难觅踪迹，空留一碗冰泉豆浆，让后人慢慢品味。

冰井没了，冰泉豆浆何来呢？其实，白云山绿树掩映，植被极好，溪泉纵横，潮湿的云气飘荡弥漫着，是一个可捏出水的地方。所以，在这一带的溪泉之水，清澈洁净，冰凉爽口。距冰井约10米处，发源于白云山下的冰泉溪水常年潺流不竭，其间溪水清澈，鱼虾闲游，历历可数。冰井虽不复存在，但蓄藏冰井之水的白云山仍匍匐蜿蜒，它流出的清澈山泉水与志书所载的冰井泉水毫无二致，用它配制的豆浆仍保持着百年的老味道。

现今坐落于白云山下的各户人家都有制作豆浆的喜好，并且给自己的豆浆冠名“冰泉”二字。“冰泉豆浆”之名称正是取自冰井古称，也得益于源自白云山腹地昼夜喷涌的冰泉水。此豆浆做法很独特，先取冰泉水浸泡优质黄豆，经精工细磨，滤渣，下锅煮开，后用柴火慢火细熬，历经三滚三撤，再加糖起锅，装钵，置热水中温炖，慢慢“乳化”后如脂似乳，口感极佳，被誉为“滴珠蜜味”。所以，在梧州冠以“冰泉豆浆”的馆子，顾客盈门、座无虚席是常有的事。

“滴滴珍珠凝素碗，甜如蜂蜜润如脂。”“冰井泉香”随着时光的流逝而消失，但冰泉豆浆已深深融入历史的底片，伴随着一座城的现在和将来。

一碗纯粹的乳白色豆浆，一份不沾油带肉的点心，一口下去，慢磨细嚼柴火的味道，醇香飘忽左右，唇齿间流淌着一座城市缕缕的泉香和古老的韵味。这种慢条斯理的熬制和品饮豆浆之法，竟然磨出了梧州“慢”的节奏。

每一个平常的日子里，梧州人会选择一处优雅的地方，端起一碗热气腾腾的豆浆，坐下来慢慢品尝着，从容不迫，不紧不慢，不急不躁，让时光在古朴与时尚之间，在一碗飘满“冰井泉香”的豆浆里慢了下来。

白云生处有清泉

漓江在平乐县城与恭城河际会，形成桂江。而后经昭平、苍梧抵达梧州万秀区，在白云山脚下与浔江相汇，西江便由此发端，向东奔流，直至接连珠江，通达南海。

促成三江际遇，使浔江、桂江两条千里奔袭的江流戛然而止，汇合形成西江，该归功于两座大山——白云山和铁顶角山。而两山蜿蜒盘桓，连绵数岭，气势磅礴，恰好分居西江左右，在莽莽苍苍、郁郁葱葱的群山之间互成犄角。

整个梧州城就像个大家闺秀，藏在两山合拢而成的暖阁里。

深藏不露的梧州城，活在温暖的大自然怀抱里，真幸福。

除了三江大水如玉带迤逶绕来，两座大山都有山泉水日夜滋润，让这里的居民世世代代都过得丰盈而富足。

铁顶角山下的恩义泉，身临其境享用清澈泉水，其中的“恩义”二字让人内心激荡着某种特殊的感悟和崇高的情怀，不敢滋生半丝半毫与之相悖的想法和举止。

白云山的山泉也充满着同样独特的韵味和神秘的气息。

山上云烟氤氲，泉涌极为丰富。譬如，白云山脚下龙船冲这地方，翠茵如黛，谷幽涧深，涓涓泉流汇聚成瀑，人称“龙泉飞瀑”，乃梧州古八景之一。飞瀑及泉流源头活水何处寻？只见山中气象森严，危崖壁立，绿苔斑驳，寒藤遮日，涧谷中清泉漫流，或成小池潭，或聚成飞瀑，水底浮萍如丝，卵石游鱼皆可数。

“龙泉飞瀑”只是白云山泉水系列抛出来的“砖”，真正的“玉”应该是四恩寺的乳泉。

位于石鼓冲四恩寺牌坊附近的乳泉，是一口人工泉井。其背后半山腰上的四恩寺是华南现代第一大寺，是广西唯一的出家人受戒的道场。寺名“四恩寺”三个大字由中国佛教协会原会长赵朴初所题，现仍赫然入目。“四恩”乃佛教用语，《释氏要览》中讲，世人要报“四恩”，有两种说法：一是父母恩、众生恩、国主恩、三宝恩；二是父母恩、师长恩、国主恩、施主恩。二者本质上无异，前者是对普通信众的要求，后者则是对寺院僧侣的要求。不知道此“四恩”与江对面铁顶角山下恩义泉的“恩”是否有某种联系。

据传，四恩寺乳泉井打井时有一段充满禅味的故事。

起初，打井人在乳泉井附近的地方打井，结果好多天都钻不出一滴水。有法师指着一处地方说：“明天就在这个位置钻井吧。”众人将信将疑，但也没有更好的办法，只能一一照办。当钻到13米深处时，遇到了石头障碍物，而且是巨型石头阵。众人几乎绝望，想放弃又找不到更合适的地方，于是坚持下来，到了32米深处，突然穿破了石头阵，石头阵下是一个地下大型溶洞，里面有大量的清澈泉水。

更令人称奇的是，这口井竟然是乳泉井。

和桂平西山的乳泉一样神奇，泉水平日清澈透明，时而流出泉水如鲜乳，随后渐清。其水莹白似乳非乳，却甘甜清凉。有研究发现，水中含有某种离子成分或有较多悬浮物质、胶体物质，是极佳的水质。取之泡茶，汤色清澈透明，香味鲜醇绵长，呷一口沁人心脾，回味无穷。取之酿酒，能出上品“茅台”，让人“但愿长醉不复醒”。

白云山好像满腹经纶，腹涧蓄藏着丰富的水体，是属于那种捏一把就要出水的地方。2006年6月8日，梧州发生了暴雨灾害，引发多处山体滑坡。白云山四恩寺一带有一崩塌处，突然冒出泉流，一股清澈的泉水源源不断奔涌，至今不曾干涸，实乃神奇。

山泉水日夜奔涌，好像被赋予某种特质和灵性，默默滋润着梧州大地。有遥连五岭、总纳三江之势的白云山，最高峰海拔386米。登上白云山最高峰俯瞰远眺，可“沐云海、餐重峦、饮两江、瞰山城”。唐代孟浩然有诗云“苍梧白云远，烟水洞庭深”，清代李世瑞云“晓露乍薄初日上，晚烟如幂夕阳低”，说的都是雨后初晴之际，素洁云雾，缭绕飘忽。四恩寺就坐落在白云山南麓半山腰上，2001年由桂江畔的钱鉴公园紫竹林寺迁建，现在还在扩建。始建于北宋的龙母庙位于白云山脚下桂江边，以纪念战国时百越民族的首领龙母。

龙母也是西江河神，传说是秦朝祖龙皇帝时之神，温姓，藤县人，因养育五条小龙而被称“龙母”。龙母整治水患，执仗护航，惩恶扬善，治病救人，做了很多造福于民的好事。公元前211年农历八月十五日，龙母由悦城乘船经梧州到桂林进京途中，因染病去世，终年79岁。龙母去世后，人们把她当作神仙来崇拜，历代皇帝都有敕封。如秦始皇就敬书“秦龙母永世留芳”，汉高祖刘邦敬书“温氏程溪夫人永载史册”，汉武帝敬书“秦龙母女娲氏之再生”，唐太宗李世民封温氏娘娘为“永安夫人”，宋太祖赵匡胤封温氏娘娘为“永济夫人”，明太祖朱元璋封温氏娘娘为“永宁夫人”，清康熙皇帝敕封悦城龙母娘娘为“水府元君”。中华人民共和国成立前，在西江航行的船只、轮渡，遇龙母诞期，航至龙母庙三里之内，必鸣笛或打锣，遥向庙前祭拜。

如今，龙母是乐善好施的化身，一直在默默传扬着普济苍生的理念和一心向善的情怀，像那白云山泉水一样，无声无息地流着，滋润着每一颗向善至臻的心。

梧州乃岭南文化和珠江文化的发祥地，也是古代岭南地区和珠江流域的政治、经济、文化中心。珠江流域与黄河流域、长江流域共同缔造了中华民族多元灿烂的上下五千年文明。据司马迁《史记·五帝本纪》载，舜帝“践位三十九年，南巡狩，崩于苍梧之野，葬于江南九嶷，是为零陵”。《淮南子·修务训》说，舜“南征三苗，道死苍梧”。《山海经·海内南经》也说，“苍梧之山，舜帝葬于阳，弟丹朱葬于阴”。舜是我国传说中的部落联盟首领，为三皇五帝之一。舜帝南巡，开启了梧州4000多年的文明史。现白云山上建有的神鹿台、光华亭、锦鸡岩等舜帝遗迹，是不是可以理解为当地人对这段历史的寻根凭吊？

清泉有情，江流无声。云山雾罩，城水和合，心照不宣，生活其中，该是最幸福的。

罗漫山观泉

从藤县县城沿着南梧二级公路，往南宁方向约20公里，便是罗漫山地界。山顶上，可观瞻蒙江和北流河。两江河分别在蒙江镇和县城与浔江相汇。面朝县城，往左约6公里便到浔江，往右20余公里则为北流河，两水夹击而整个山势从200公里之外的兴业县分岔，呈两条蛇形山脉奔袭而来，到了天平镇罗漫村就聚拢凸起，形成了巍峨雄壮的罗漫山。

岭南这种从远方蜿蜒奔袭而来的山势，又遇到江河断脉，素有泉涌石缝的特点。大山中积蓄的水流和力量，一旦遇到有迹可循的石缝就会奔涌而出。就像水龙头，只要相对水压适度，就能有自来水流出。由许多低丘突起的浑圆山峰聚拢而成的罗漫山，就有很多这样的涌泉。

攀爬罗漫山时正值深秋，一路林森树茂，挺拔的苍松绿树，深入浅出的鸣虫飞鸟，耐得住清寒的菊花，令人心旷神怡。一路山体岩石形态各异，嶙峋浑圆，堆叠成峰，搭肩成门，垒石成洞，跌落成潭，静态中呈现出雄浑险峻的气势。仙桃石、五经石、发财石、望夫石、接吻石、孩儿石、公婆石、鞭石仙人、守岭石人……每一块石头背后都有一段属于自己的传奇。最让人惊奇的是，石头缝间涌泉潺潺，涓涓滴滴，汇成细流，沿着石间沟壑流动，从冰冷的石头上缓缓淌过，加上山中偶尔的鸟鸣，确有“清泉石上流”的韵味。许多处细流汇聚，形成越来越大的溪流，在石头上欢快地跳动，一个个落差，化作泉瀑，在阳光的映照下，宛若无数晶莹剔透的珍珠，一颗颗从山石上滴落，瑟瑟作响，接连成串，形成了小池子。这一汪汪清澈见底的小池子，像一个活脱脱的天然洗澡盆。半山腰上，恰是水帘洞，像珠帘一样垂下来的瀑布，就是因为这样的滴水而形成的。

朝着主峰大王顶方向，沿着石径继续拾级而上，到了大石牌北端，一处山石苍劲巍峨，粗莽唐突地立在那里，数十立方乃至百余立方的巨石叠嶂，形如宫门紧闭，人称“龙门”。泉水自崖壁下的石隙流出，水量虽不湍急，但能终年不枯，汇为一椭圆形池子，而后曲绕溢出，泻入池周的石缝间。池水晶莹透亮，掬一捧喝上一口，清冽甘甜之气瞬间沁入心底，好像十二经络被突然打通，让人立时酥软得要融化，一路的困倦顿然消散。

罗漫山的泉水格外清澈洁净，洁净得可看清水底的每一颗石子。这大概是因为此境乃天平镇至高点，傲然于众山间，于高处昂首挺胸，向着广袤的大地袒露着高贵的脊梁。罗漫山470多米的海拔在其他地方也许并不算高，但这一带丘陵的海拔一般只有百米左右，罗漫山峦就显得极其巍峨。况且此山势随脉而从远方袭来，从众丘陵突兀而起，地下又不知有多少山石聚集，所以泉水不会被污染弄浑，才有这般玄妙的模样。

俯瞰山下，一个村落悠闲地隐藏在崇山峻岭间，众山环抱，小桥流水，鹅鸭卧波，牧童黄牛，上百间民房素白如雪，一派诗情画意，可谓桃源胜境。这就是罗漫村，看这村名，一定是应和着罗漫山而出现的。

山泉有灵，千百年来默默滋润着罗漫村。那半山腰上明末将领袁崇焕的雕像，宛若山上那浑圆的石头，依然气宇轩昂地立在那里，永远护卫着这方土地，好让现今之辈只争朝夕，不负韶华。

《亢仓子》云:“蜕地之为水，蜕水之为气，蜕气之为虚。”赏着山中的秋菊，品着甘冽的泉水，呼吸着淡淡的稻香，我开始怀疑道家这句话了。

蝴蝶泉记

“桂林山水甲天下，阳朔堪称甲桂林。”阳朔是桂林的缩影，在哪里可以一眼领略它“甲桂林”的全貌？有人说蝴蝶泉是最佳位置，登其顶峰，月亮山“十里画廊”尽收眼底。

蝴蝶泉位于月亮山景区的精华旅游地段。从阳朔县城沿国道往桂林方向，穿过壁立青峰和如织田畴，峰回路转间，约3公里路程，一只巨大的“蝴蝶”正镶嵌在公路边的一处山峰石壁上，正在展翅低翔，这便是蝴蝶泉景区——一个集自然景观、历史文化、登山保健、环保科普、休闲度假为一体的景区。

这石壁上的巨蝶也称为“金裳凤蝶”，是中国蝶类中体形最大的一种，所以也有“帝王蝶”之称。它在这一带显得最引人注目，近300平方米的混凝土造型，羽翼华丽多姿，触须楚楚有情，看起来像要飞起来一样，栩栩如生。著名诗人贺敬之曾给它留下了“天下第一蝶”的题词。

中国泉眼里有一对“蝴蝶”，一个是广西阳朔的蝴蝶泉，另一个是云南大理的蝴蝶泉。在大理城北约40公里处的苍山云弄峰下，有一奇泉，每年农历四五月间，成千上万的蝴蝶从四面八方飞来，在泉边漫天飞舞。无数蝴蝶还钩足连须，首尾相衔，一串串地从大合欢树上垂挂至水面，形成罕见的蝴蝶会奇观。《徐霞客游记》云：“西山麓有蛱蝶泉之异，余闻之已久，至是得土人西指，乃令仆担先趋三塔寺，投何巢阿所栖僧舍，而余独从村南西向望山麓而驰。半里，有流泉淙淙，溯之又西，半里，抵山麓。有树大合抱，倚崖而耸立，下有泉，东向漱根窍而出，清冽可鉴。稍东，其下又有一小树，仍有一小泉，亦漱根而出。二泉汇为方丈之沼，即所溯之上流也。”有了徐霞客的记载，有了电影《五朵金花》男女主人公泉边私订终身的一段绝唱，加上神秘的蝴蝶会奇观，大理的蝴蝶泉自然声名远扬。

阳朔蝴蝶泉则精于后天的设计。除了天然泉池和溶洞泉流，还有巨大的蝴蝶造型、蝶洞、蝶瀑、蝶桥、蝶山、蝶缘、蝶馆，简直是蝴蝶主题乐园。

巨大的蝴蝶造型镶嵌在一座巍峨的石山体中，“蝴蝶”下面是岩洞口，雅称“蝶洞”。穿过蝶洞，到处都是水的世界，淙淙流动的清泉，或汇流成汪汪的潭水，或在石上潺潺流动着，或从头顶的钟乳石底端往下滴，还有岩壁上如练的瀑水，清脆的泉流声萦绕着，整个人好像穿过一段空灵纯粹的音响群。洞中钟乳石天然生成，形态各异，如宝瓶莲花，如笑佛禅坐，如姑射仙子，婀娜多姿，栩栩如生。其中有一块钟乳石形如蝴蝶，触须和翅膀与真的蝴蝶没什么两样，好像正在挥动着翅膀，吻着一朵绽放清香的花。蝴蝶泉名字的来源，我想就在这里吧。

穿过溶洞，走上原始的吊索桥，离地30多米，有点摇摇晃晃，但还是觉得比较刺激。银色的泉瀑从山腰蝶洞内的悬崖洞隙涌出，直冲谷底，注入蝴蝶状的大泉池。泉水清澈如镜，在日光下熠熠生辉。五彩缤纷的蝴蝶在深谷涧中翩翩起舞，与山泉水嬉闹着，好像永远长不大的孩子。这里是中国最大的蝴蝶园。

这时，山间响起了百灵鸟般动听的歌声。过了吊索桥，是一处表演场地，四周围着木屋，中间是较大的舞台，正北方席位上坐满了观众。演出开始，一位声音清脆的姑娘登场，她眉目清秀，楚楚动人。有人介绍说，她姓吴，是侗族大歌第五代传人。

侗族大歌是一种原生态民族歌唱，没有文字和伴奏，演员皆是侗族普通百姓。在唱法上，以模拟鸟叫虫鸣、高山流水、风声雨意等自然之音为主，同时融合真假音转换，伴随着极富特色的呼吸方法、鼻腔共鸣技巧和舌尖颤音的完美应用，以达到对自然声音的模仿。西汉刘向的《越人歌》记载的春秋战国声韵和格调，是侗族大歌的基础。至宋代，陆游在《老学庵笔记》中已经有关于"仡伶"集体做客唱歌的记载。有"明代《山海经》"之称的《赤雅》记载的"长歌闭目，顿首摇足”，即是侗族大歌的演唱情形。现今的侗族大歌，主要流行于黔东南和广西三江侗族聚居区，并于2009年被列入人类非物质文化遗产代表性名录。

舞台上，一段山歌过后，是侗族大歌。顷刻间，蝉鸣声、鸟叫声、流水声等大自然的各种音响在歌声中起伏荡漾。玄妙的韵律，仿佛声音不再是声音，而是某个生动的情境——那里一定晨曦暖照，梨花带雨，翠鸟轻飞，牧童骑着黄牛吹箫，伊人在水一方哼着小调，新的一天已经开始。那韵律如清泉潺潺石上流，又如滚滚江河浪淘沙；像轻风中垂柳的摇曳，又像暴风雨里顶天立地的青松；仿佛远远的深山谷里迷蒙的雾气悠扬飘逸，又突然间风雨泉瀑大作，正是“嘈嘈切切错杂弹，大珠小珠落玉盘”。不知何时歌声起，不知何时歌声绝，却让人沉浸其间不能自拔。婉转悠扬的旋律在耳边久久回荡，也许会伴随着我们的一生。

那一刻，我对歌声和音律一下子有了一种亲近之感。侗族大歌那种大自然的音响，那种优雅的声调，让多少人被雄奇优雅的音域涵盖，又让多少人内心深处升腾起一股股深深的震撼；让多少生命回归到大自然的本真，又让多少生命走向更加诗意的时季。这，或许就是艺术的魅力。

伴着潺潺的泉水声，听着百灵鸟般动听的歌唱，我很快就登上了蝶山顶。山高明旷，长空万里，岭南风情，浩荡江山，又有泉水流出，有泉瀑而下，美极了。如今山中开发建亭，修了上山的小路，搭起了演唱侗族大歌的台子，让山与泉显露出来，供人登临游览，让青山不至于辜负韶华，清泉不至于白白流淌。

站在山顶高处极目四望，泉潭与江流，城市和村落，既泾渭分明，又相融交合。可以看到蝴蝶泉水在这里汇入遇龙河，又流入漓江。整个阳朔及其村落沉浸在烟雨中，薄雾笼罩的山村升起袅袅炊烟，仿佛千万只美丽的蝴蝶从泉眼中升腾起舞，翩翩飞翔，好一派恬淡静美的田园风光！

夕阳下，远远的青山翠林里，仿佛有侗族大歌在悠扬传来。一方百姓的火红日子正在稳步走来，任岁月更替，时光变老。

驮娘江句町行记

车子一路向云贵高原盘升，经过海拔近2000米的金钟山后才开始缓缓往下旋行。这一带沟沟壑壑方圆数百里，除了些许穿着壮族、瑶族、苗族、仡佬族靓丽服饰的过往行人，一路几乎都是遮遮掩掩的雾霭，见不到多少人家。不知何时，远远坡岭上的莽林中，天地豁然开朗，西林县八达镇这座小城在深谷里逐渐清晰起来。一条纤细的小河从城中穿过，这就是驮娘江吧。

驮娘江发端于云南省广南县莲城镇听弄村大冲脑包山北麓，流经广南县、富宁县和广西壮族自治区田林县、西林县，止于田林县八渡瑶族乡西洋江口（一说止于富宁县剥隘镇），下游河段称“右江”。驮娘江在这桂滇黔三角地带奔流不息，源远流长，像这一方水土的历史一样总在演绎着多彩的故事。除了茂密的林子和碧绿的植被，这里是滇东南和桂西北文明的发祥之地，青铜文明、古国句町、岑氏“一门三总督”等都发生于斯。人类历史的舞台上，这个少数民族同胞聚居的地方演绎过轰轰烈烈的角色。正如驮娘江这个响亮的名字一样，在历史的进程中不断被赋予不同的名号和色彩，在西汉时曾称为“文象水”，清代称“同舍河”“驮阳江”等，后改称“驮娘江”。

“驮娘”之名，与孝德息息相关。传说有一年天下大旱，草木枯焦，泉水断流，一位汉子为拯救即将渴死的母亲，背着她踏遍高原路去寻找水源，最终找到了水源。人们为纪念他的义举，便为此段江流取名“驮娘江”。现在西林县那劳岑氏建筑群中有孝子孝女牌坊等实物，记载着两广总督岑春煊长子岑德固以身殉母的感人事迹。岑氏后代有10多位孝子孝女为了照顾家里老人，男人终身不娶，女人终身不嫁。得益于驮娘大孝的影响，民间还有瑶族“度戒”尽孝、壮族“哏过”等孝行。可见孝德已在驮娘江流域代代传扬，成为岁月时光里最温馨的印记。

粉白的楼宇挨着山站在驮娘江两岸，绿化树围着的护岸公路上，行人或人力车三三两两，偶尔也可见到小轿车驶过，这就是西林县城驻地八达镇，一个依山而建的小城镇，四周围着高高的坡岭和郁郁葱葱的丛林。驮娘江匆匆流入小镇，蜿蜒匍匐，与各家各户打个照面后即向普合苗族乡流去。

这一带是传说中古句町国的腹地。关于它的历史，《汉书》《后汉书》中都有记载。早在1万年前，驮娘江沿岸就生息着壮族先民濮人的一个部落——句町。4000多年前，他们组建了句町国。汉昭帝始元五年（公元前82年），句町首领亡波协助汉王朝平定姑缯、叶榆的反叛有功，被封为“句町王”，从此享受国县并置的待遇。《汉书》有“句町侯亡波率其邑君长人民击反者，斩首捕虏有功，其立亡波为句町王”的记载。到西汉末年，句町已发展成为横跨桂西、云贵高原前沿的古国。史书上说，“至城帝河平中，夜郎王兴与句町王禹、漏卧侯俞更举兵相攻”。由此可见古句町国疆域十分宽广，在中央王朝的统一领导下，与古夜郎国曾分辖西南一隅。20世纪六七十年代，考古学家在西林县八达镇至田林县潞城瑶族乡普驮路段普驮桥头发现一处铜棺墓葬，在普合苗族乡普驮村发现巨型鎏金铜棺和铜鼓墓葬，出土了一批珍贵的西汉青铜文物。经专家鉴定，这些墓葬为句町王或王亲的墓葬。这些发现，让句町古老的历史和文明重放光芒。

抵达八达镇，过驮娘江大桥，我们在半山腰上找了一家旅店住下。卸下行李，伸着懒腰，吸足一尘不染的空气，往脸上搓一把山里的泉水，便耳聪目明了。晚饭很丰富，有白切麻鸭、苗家腊肉、火麻汤、金黄的玉米粥，吃的都是当地特产，很纯很土的那种味道。

饭后，我便按捺不住内心的好奇，穿过几条巷道，似是峰回路转，才到广场。西林的街巷都是这么短。广场是整个县城最宽阔的地方，位于城之南，靠着一条叫花贡沟的小溪，水汩汩地流着，注入一里外的驮娘江。当地人告诉我们，西林所有的地方都一样，蓝天白云下是碧绿的丛林，林子的根丫深扎于肥沃的土山里，而山山有谷，谷谷有沟，沟沟有河。全长180公里的驮娘江，所经之处都是云贵高原这样沟沟壑壑的地形，有西洋江、那比河、那门河、八中河、冷平河等数百条溪泉之水像花贡沟一样汇入，仅西林县境内就有泥洞河、八洋沟、斗皇沟、顶蚌沟、那维沟、那劳河、那宾沟、者么沟等109条溪泉汇入。

向花贡沟对岸看去，尽是盘山公路和莽莽丛林，再也没有其他去处了。广场其余三面，围着街道和树木——那些钢筋混凝土的楼房在树的那边隐约可见，几处高楼从树梢上偷偷探出光洁透亮的派头，一股现代化的气息似乎关也关不住了。据说广场占地只有70多亩，在这个以文化的名义开建广场的年代，西林广场是微不足道的，但却是成功的艺术创造。整个广场呈椭圆形，依山傍水，向着小镇悠闲地敞开胸怀。从花贡沟的溪岸边稍微仰望，广场的地势越来越高，似乎是两条蛇形的线条，把广场从南往北分为三个部分：历史文化长廊、休闲公园和铜鼓广场。

广场沿着小溪岸铺了一条蛇形的石道，这便是西林历史文化长廊。石道透着清幽的光，好像应着溪里的流水而散发着非常玄妙的音律。小心翼翼地走在这一块块石头上，可以一路感受西林人那光辉灿烂的历史。靠溪水的岸边，是用石块筑起的栏杆，气势恢宏，像汉白玉一样的洁白，上面工笔楷书刻写的文字，录下了西林人那说不尽的过去，展示着句町古国文化、当地重大历史事件和著名历史人物等。

最引人注目的是这里是岑氏“一门三总督”的故里。广场石刻有载：与曾国藩、李鸿章、左宗棠等被同列为清代

“同光中兴”名臣的壮族人岑毓英，是被清王朝委以重任的第一个壮族人，一生文韬武略，曾分别为云南、贵州、福建三省巡抚，后官至云贵总督，加授兵部尚书衔，成为当时全国八位封疆总督之一。任内改土归流，减免赋税，兴教育，收人才，整吏治，曾两次渡台开山抚番，修筑防务，并自请入越抗法，负责西线战事，由于严训部下“守土之臣应死城郭”，因此与东线冯子材部同获大捷。岑毓英曾言“宁可获谴于台上，不可贻害于百姓。宁可终身不做官，不可一日不做人”，可见其为官为人一斑。昆明大观楼上留有岑毓英180字“古今第一长联”：

五百里滇池，奔来眼底。披襟岸帻，喜茫茫空阔无边！看东骧神骏，西翥灵仪，北走蜿蜒，南翔缟素。高人韵士，何妨选胜登临。趁蟹屿螺洲，梳裹就风鬟雾鬓；更蘋天苇地，点缀些翠羽丹霞。莫孤负四围香稻，万顷晴沙，九夏芙蓉，三春杨柳。

数千年往事，注到心头。把酒凌虚，叹滚滚英雄谁在？想汉习楼船，唐标铁柱，宋挥玉斧，元跨革囊。伟烈丰功，费尽移山心力。尽珠帘画栋，卷不及暮雨朝云；便断碣残碑，都付与苍烟落照。只赢得几杵疏钟，半江渔火，两行秋雁，一枕清霜。

这是岑毓英让幕僚赵藩以工笔楷书刻写给当地名士孙髯翁的，落款“西林岑毓英重立”仍赫然入目。1889年岑毓英病逝于昆明，朝廷追封其为太子太傅，谥“襄勤”。《清史稿·

岑毓英传》详细记载了岑毓英事略。岑毓英异母弟岑毓宝曾代理云贵总督。岑毓英之子岑春煊则是清末民初活跃于政坛、军界的名人，历任广东布政使、甘肃布政使、陕西巡抚、四川总督、两广总督、邮传部尚书等职，声势显赫，与北方袁世凯并称“南岑北袁”，在劝帝退位、讨伐袁世凯、推翻段祺瑞政府等重大历史事件中发挥过重要的作用。岑氏家族从一个边远地区的壮族世家日渐成为清王朝的王公贵胄之家，不断发迹并持续显赫，无疑是这一方远离京华的深偏地角的一个奇迹。

岑氏“一门三总督”出生地位于今那劳镇那劳村的驮娘江边。由于其显赫的地位，那劳也因而成了一个不同凡响的山寨。明清两代建起来的岑氏建筑群，由宫保府、南阳书院、荣禄第、岑氏祠堂、将军庙、增寿亭、思子楼、孝子孝女牌坊等建筑组成，如今仍堂皇地立在寨子一隅，保存完好如初。这些建筑中尤以建于清光绪五年（1879年）的宫保府最气派，其名得于岑毓英被朝廷封为太子太保，受旨赐建。

这些点点滴滴，包括新民主主义革命斗争、西林民族民俗文化，或文字，或图画，都能以它自己的风格，自己的情调，构成不同的样式，一一记在这些沉默的石头上，让历史说上了话。在这里走走，有人久久伫立，有人沉默不语，也有人低下那高昂的头颅。我想，一个成功的广场应当如此，不只是给人看看，还应当引人思索，化人以教，催人奋进。

不觉中已是傍晚时光，休闲公园和铜鼓广场则是另一番景象。四周是绿色宜人的草坪，以及不多但却茂盛的树木，其间的人行道与假山，又与草坪形成和谐的搭配。假山流着细细的水，有道是“泉眼无声惜细流”。霓虹灯闪烁着醉人的光彩，给原本色彩绚丽的楼壁、设计独特的楼窗，增加了几多灵动的美感。广场上的花草，则以静态的美姿，与四周辉煌炫目的楼房形成一种比照，以它的无声与低小，展示出带有优美情调的气韵。乐在广场其间的人们，或两三人，或四五人，或携儿带女缓行于公园里，或挽臂而行，尽享着生活的甜蜜。拾级而上，便到铜鼓广场。展现在眼前的首先是大舞台，接着是十数亩的平地，中间平放着一面钢筋混凝土筑成的大铜鼓，这看来是西林人佳节胜日的欢歌起舞之处了。铜鼓广场的四周，围着灰白的石栏杆。栏杆上除了有龙凤图案，还刻着弓箭、酒壶、绣球、粮仓等图案。这些特有的图案，是否象征着生活于斯的每个民族的精神内核？不是么，驮娘江边一直流传着驮姑治水的故事，以及有一支叫羽人的古人生活在这里的传说……

设计的本质就是创意，正所谓“虽由人做，宛自天开”。站在大铜鼓上，可以看到休闲公园，看到历史文化长廊，看到传统与现代的交汇与融合。听着花贡沟的溪流声，会切身体会到，一个并不很大的广场，却浓缩了此地的历史、人文和艺术。将要离去时，我仿佛听到以往各色人等匆匆而去的脚步声，连同时间淡淡的音律，永远烙在历史的清梦里。

我想，时光虽然流逝了，但历史依然还在这里，句町古国永远不会寂寞。因为，这街衖巷巷里，有溪泉涌入驮娘江的潺潺流水声，有句町国王遗落的深深足印，有现代文明铿锵的鼓点。

仙谷圣泉走笔

从中越边境大新县城出发，往南到雷平镇，再折往西到堪圩乡明仕村，接着朝明仕田园的上游逆水而上，约6公里的地方，就是圣泉谷。这段溪水曲曲折折，回旋往复于村庄、树木和一道道田垄之间。在溪岸边朝四方望去，群山层层围护里，这是西大明山深处不可多得的小平原。其西南尽处，是谨汤村，圣泉谷就在村后，而圣泉的出水口就在这山谷里。

沿着山谷小道，一路迎着清澈的泉流，溪谷宽宽窄窄，缓缓急急，潺潺淙淙，随着山势不断变换。溪岸的岩石被冲刷成浑圆状，参差交错，或隐或显。山势越来越陡峭，溪谷里砌成了数个石头小水坝，呈梯级式排列，使得清澈的泉流回旋荡漾，蓄成了一汪汪大小不一的水潭。

水是圣泉谷的精灵。潭水幽蓝澄澈，明丽见底，随着光照的变化和季节的更替，呈现出炫丽的色调和独特的韵味。而蓝天白云，远山近树，倒映水中，水上水下，婆婆娑娑，虚虚实实，如梦幻之境。春夏季节，黛绿色的水面生动地开满了绛红或雪白的鲜花，如画卷中的点睛之笔。秋冬季节，水是幽碧的，鹅黄的树叶好像烙在其间，相互浸染，斑驳陆离。整个山谷，奇潭错落，古树环绕，奇花簇拥，各具特色。

快到圣泉出水口了，溪中多以石头筑坝拦水，水声更响，水流更急，溪沟更狭小了。青山崖壁下，清澈的泉流从一小潭碧水中隐隐翻滚，如倾如泻，汩汩溢出。其水尤其清冽，潭深而不可测，据说是地下暗河和泉海的出水口。因为水太凉太冷的缘故，没有人愿意往里探虚实，只能认定此寒潭不可知其源。

圣泉水汇入溪谷深处，形成涓涓细流，翻过拦水的一道道石坝，形成了一道道悬瀑，在高低错落的石头上急泻倾挂，宛若卷帘凌空飞落。有的如断线的手链，清澈的泉水一颗颗地散落入下一个拦水坝围护形成的潭子里，声若秋雨潇潇。有的从山岩上翻越而来，几经跌宕，形成叠瀑，好像银花盛开，激起无数小水珠，化作珠雾弥漫山间，沁人心脾。日光照射，常常出现奇丽的彩虹。

整体看，这是一处很狭小的深谷，两岸青山挤拢下，泉流在青石绿野间潺潺而流，穿梭于枝藤缠绕的水上森林之间，经过一段不足三里的深谷，流入了明仕田园。

泉水穿过的洼地或潭水中，风景尤其独特，如同一幅幅精美的山水画卷展现在你面前。莽莽苍苍的森林，有高大的乔木，也有低矮的灌木，叶红枝绿，浓染密缀，争奇斗艳，不因季节更替而减少。林地上积满厚厚的苔藓，散落着鸟兽的翎毛。有时还能看到诸如有籽香蕉、桃金娘、蓝莓等一些野果，味道纯正，野趣十足而意境深邃，使人产生一种身处浩渺幽远的世外天地之感。

泉水过处，除了枝枝叶叶在招展，还有很多小山峰突兀而出，像春笋经过泉水的滋润，突然之间拔地而起，在深山谷底的岚气之中时隐时现。当地人称这些小山峰为格布山。相传数千年前，当地的农神“娅王”用自己手中的神器，接通了银河的圣水，从而泉水从谷底冒出，一发不可收拾，让下游方圆百里的各族百姓得以繁衍生息。“娅王”因为触犯了上天的禁忌，自甘接受惩处，率其子子女女化作格布山，至死仍守护着圣泉的源头，让一方百姓平安吉祥。格布山因此成为当地保护子孙后代生生不息的“圣山”，各小山峰则成为“圣灵”，在其脚下涌流的泉水也因此得名“圣泉”。

传说不足信，但却道出了人们对大自然的敬畏之心，从而更加自觉地保护好我们赖以生存的家园和环境。一个边关小城在千百年前尚且能知晓如此简单的道理，身居大城市大地方的一些人，该是跪地自叹而反省啊！

圣泉水荡漾于格布山间，流入明仕田园，在壮族人家的村村落落间反复绕行，成溪成湖，清澈碧绿，常年不干不涸。溪底的石子掩映在浅绿色的浮萍里，伴着游鱼一动不动，或悄然起舞，为这四周围默默的远山拨动一丝丝沉寂的琴弦。青山和翠竹被定格于浩荡的水面，好一幅边关富春江图。独自行走其间，各种感慨涌上心头。这些容易被忽略的地方，美景遍地，怪不得电视剧《花千骨》到这里取景。

山水是世上最美的画卷。如今的圣泉谷及明仕田园，壮族同胞在“画”里劳作，游人在溪湖边垂钓，野鸭在泉潭里闲游。清澈的泉水缓缓地流动，那样地从容不迫，犹如处子的静，又似大家闺秀的优雅而贵气逼人。沿着溪岸，人们建起了特色度假村、民俗宾馆、旅游观光车道、水上乐园，应有尽有。春江水暖日，欣赏边关木棉花开；秋水伊人时，掬一捧清澈的圣泉之水，换一种心情——静若湖水，清澈如泉。

在清澈湛蓝的天空下，那荡漾如碧波般的泉流，那刻满时光岁月的浑圆石子，那潺潺溪流环绕着的边关村落，那层叠起伏、丛林苍翠的群山，风景是多么壮观啊！徜徉田间地头，夹杂着饭香的炊烟从远处飘来。行吟溪湖岸边，遗憾学识浅陋，真担心不能淋漓尽致地写意抒怀，而让美景继续被埋没！

龙伏泉行记

西出大化瑶族自治县县城，到了十二坡，放眼望去，只见红水河两岸青山排闼，千峰粉黛如娇娥，高耸如屏逼云天，似有千军万马排排列阵。其中一孤峰出奇地挺拔秀丽，势不可挡地堵在河中，欲锁大江前行，让从云贵高原千里而来的红水河不得不在这里犹豫一下，栖息片刻之后，与一条从北边而来的溪水汇合，又继续向东奔去。红水河像一列长长的火车，在这里入站、停歇、加油，然后继续赶路。

这座直挺挺的山叫巴楼山，奇险无比，高千丈余，状如竖立的旗帜，永远地挺立在红水河边。旗脊地势倾斜，石头缝间夹杂着贫瘠的土质，看起来一片青翠。旗腹则略显苍白，从水面直至山顶都是一整块的悬崖峭壁，与汹涌而来的红水河对峙，迫使河水在这里盘旋回流，激起数十个水涡涡，然后无奈地从山的北侧而去。一条瀑布宛若珠玉串起的帘子，挂在北边河岸的石崖上，日日夜夜倾泻而下，注入红水河，其源乃2公里之外的龙伏泉。

“水不在深，有龙则灵。”龙伏泉就像它的名字一样高深莫测，藏龙卧虎。这一带神奇秀丽，人杰地灵。解放军桂西游击队指挥部曾在这里发布《桂西人民起义宣言》，进行了轰轰烈烈的革命斗争。共和国第一代将军覃国翰少将就是从这里走出去的。红水河两岸不远处还有都阳苏维埃政府旧址、右江地委革命干部学校旧址、红七军二十一师成立庆典旧址及兵工厂遗址。建于明嘉靖年间的都阳土司衙署离这里只有10多公里，其三进两院木柱砖瓦结构的古建筑仍保存完好。可见，千百年来这一带河谷虽然远离政治中心，但都能与时潮共进退，并不闭塞。从这里至岩滩的红水河，盛产一种叫大化奇石的观赏石，质地缜密，色泽艳丽，手感温润，具有独特的韵味。想想心神疲惫之际，伸手去摸一摸圆润的大化石，感受世间冷暖，长叹岁月清幽，该是很惬意的。

抵达瀑布上端的公路边上，沿着溪流可以往它的源头走。一路弯弯曲曲，却都修筑了精致的堤坝和观光小道。每隔一两千米远筑一堵拦水的矮墙，形成了梯级小瀑布，泉流才开始汩汩有声。溪岸两侧都是平坦的良田，种上了可供休闲采摘的果蔬，再过去就是险峻挺拔的石山环抱而来，村落和亭阁就点缀于泉边溪畔。路上还时常见到垂钓者，他们都操着各种不同的方言。于是我好奇地问：“这鱼可好？”垂钓者都乐道："味道极美，虽只有手指大小，但伴黄豆下酒，足以论英雄。"

不知不觉到了山脚，水声突然间激越澎湃，气势汹汹。往前瞧去，不禁惊奇叫绝，被溪水源头处的奇异景致惊呆。一亩清澈方塘历历入目，倚着山脚方向一处稍高的位置，是一段瀑水，它的源头围着浑圆的石子，水从其中层状石缝间源源不断地翻滚而出，往方塘里输送，然后四下散开，溢满后从溪沟里流出，不断向红水河输送新鲜的"血液"。偶尔也听到游泳者戏水的尖叫声。这才知道龙伏泉是那么大，水是那么湛蓝，让人觉得秋日深邃的天空不在天上，而是在这一池泉潭中。可以想象，某个月明星稀的晚上，徜徉于此间清净寂然之境，听着流水淙淙，感受生命之静美，该是人生多么畅快的事。

龙伏泉所在的地方叫古河乡。古河其实先是河流的名字。从龙伏泉奔涌出来的泉水，像正在大锅里煮得沸腾的乳汁一样，甘甜如饴，生生不息，所以其形成的溪流被誉为"千古不息的乳汁河"，简称"古河"。传说有一名女子产子无乳，经高人指点后，便到龙伏泉祭拜，果然乳汁充盈欲滴。凡事种种不足信，但龙伏泉的神圣是不可侵犯的。龙伏泉周围群峰清秀，如屏高耸，这里多泉，泉水甘甜清冽，冬暖夏凉，龙伏泉是其中最负盛名的。

龙伏泉西南面耸立着山峦，形似苍龙，青翠俊美，有很多相互连通的洞穴，里面也有清泉滴答，常年不息。山之北麓有仙姑洞和仙女洞，南麓有仙翁洞。进入仙姑洞，沿着石阶小径往下数百米，险而幽，石笋石柱林立，或从地上突起，或如钟乳下垂，像金帐银幕，像林立古塔，像孔雀开屏，像将军舞剑，造型奇特，应有尽有。有传言说是仙姑降伏狐狸精后，便化身在此，以防妖怪再为祸人间。仙女洞长达2公里，分布有石灵芝、楼台宝殿、仙女帐幔、登天关、龙宫柱等造型岩石，有的像神鸽啄壁，有的像六仙望月，有的像达摩面壁。相传七仙女下凡时，紫衣仙子与古河蚕郎有私情，被责罚化身于洞口，呈仙女奔月之势，而其他六位仙子则隐藏于洞中会仙关，于是又曰“六娇洞”。所以要一睹六仙芳姿，必须通过三个大殿和九道关口。仙翁洞则分为两个洞厅，一块巨石从中隔开，前洞宽敞绮丽，后洞曲折幽深，因有石塔貌似南极仙翁，故名。最近，人们在仙翁洞西边的六闷屯一处土坡上发现了一个地下洞穴，自命名为百乐洞，其形其势与上述三个石山洞穴好像没有什么大的差别。这些洞穴，都有水零星地从洞顶的石端滴落，在地上形成一汪汪泉池，泉水像冰一样冷得彻骨，像玉一样美得孤绝，一定是洞内仙灵约期聚会沐浴之所。

和龙伏泉不同的是，这几处洞穴中的泉水四季清澈，不因洪涝而污浊，不因时光而劣质。前几年大旱，曾有人在仙女洞附近的六闷屯山坳间打出一口井，从地下数百米源源不断地抽出甘甜清冽的水，还惊奇地发现四周洪涝时，此处不浊。曾有人拿此井水去做化验，证实此井水的水质很好。这些都是什么缘故呢？我想，红水河远古以来都是浑浊的，自从水电站大坝蓄水，水流减速了，水中的有色物质沉淀了，红水河也就变得湛蓝了。洞穴中的泉水和山坳间钻出的地下水，在它们接触到这个世界第一缕亮光前，一定在黑暗中经历了某种漫长而痛苦的磨砺和积淀。“青出于蓝而胜于蓝”“厚积而薄发”，我更能体会到其中的奥妙了。

这几处洞穴以及山坳间打出的深井，地势都比龙伏泉高出许多，其水之源又在哪里呢？我想，这地下可能都是暗湖晃动着，宛若巨型水囊，泉水就是从其中的洞隙流出，囊中储备得越充盈，泉眼的水压就越大，水的流量也就越大了。对面古河街有文武亭，始建于清光绪二十六年（1900年），亭中悬挂着一警钟，其声清脆幽远，上面铸有“风调雨顺”等100多个凸体字，字迹清晰可辨。其中之意，应是告诫世人，要随自然之法则，以得天下之大道，以至于不再行搬起石头砸自己的脚的事。人类品着甘泉，享受着大自然赐予的丰美食物，呼吸着天然清纯的氧气，当知珍惜和爱护。我听闻野生金花茶是花中皇后，高贵而能入药，养生功能甚佳，有人却不满足于只摘其花叶，于是连根拔起带回家中，这无异于自挖墙脚啊。

龙伏泉却很幸运。泉池边立起了村规民约，“滴水之恩，当涌泉相报”，这天底下最质朴而庄重的礼节在这里得到格外珍视。沿着溪岸筑起的渠墙保持着水流原本的曲线。将军故居、革命遗址等历史圣地也都得到很好的修复，让人们像感激涌泉之恩一样，永远铭记和传扬着老祖宗的功德。

泉涌不息，岁月不止，那是大自然最无悔无私的恩泽。厚重的历史就像不倒的旗帜，一定会让那些心有所爱、怀有所报的人更能轻装前进，更能顽强拼搏，去创造和演绎一方水土更加深沉厚实的历史。

犀牛沓记

出了罗城仫佬族自治县县城，往东郊走到五昌屯公路左侧，就是犀牛沓了。沓，有泉水之意，意为从地下冒出的水。罗城仫佬族自治县县城周边还有龙潭沓、龙岩沓、雷公沓、簧宫沓等，都是泉水。马山县周鹿镇琴马村有个地名叫沓屯，也源于那里有一眼从地下冒出的喷泉。犀牛沓的名头与它相比，却有更多凄美的传说和神奇的来历。

犀牛沓的源头在白马山腹底，一处陡壁悄然耸立的喀斯特山体下，一股清澈的泉流从地底下岩石缝隙间源源不断涌出，被一条宽约1米、长约50米、深约1米的水泥渠道框起来。泉涌悠悠，水面如镜，水流涓细，恬淡平静，岁月时光好像在这里徘徊停留。

泉眼处北面靠着白马山，左右紧挨着钢筋混凝土民房，没有林木环绕，只有山上高处的草叶偶尔落入其中，惊起一丝丝涟漪。听闻三伏天，以犀牛沓之水烹粥，过夜不变味。所以，有很多管子直接插入泉眼深处，再把泉水引到附近家家户户，县城里也有不少人每天携水壶到这里打水。泉水在框框里溢满后穿过柏油公路的地下通道，流入一片荒芜的田野，形成了长满草棘的沼泽地，沼泽地里不时传来青蛙清脆的呱呱叫声。泉水接着一路向西，与几条小溪陆续汇合，到了城西，便聚成了西门河。

相传这一带村里有一个懒汉，平时游手好闲，无所事事，穷得叮当响。一天，他到犀牛沓旁放牛，在泉边小睡了一会，泉水突然涨起来，漫过他睡的地方。他心想：这还了得，一定是转运的好兆头。他暗自高兴，觉得自己该振作起来，很快就打起了精神，开始打量和感受犀牛沓带给他的好兆头，从此勤俭持家，朝着美好憧憬奋发努力，家境渐渐殷实了。

传说不足信，但它却昭示着理想和追求对一个人乃至一个民族一个国家的积极意义。平凡的每一天，生活终将因为热爱、执着和梦想而显得越来越有奔头，人也为此越来越焕发出燃烧的激情和能够压倒一切的力量。如今，生活于斯的仫佬族，正和整个国家一样枕着复兴之梦，同步实现了翻身转运，迈上了康庄大道。

在仫佬山乡，犀牛沓还暗藏着犀牛翻身的意义。洪水季节，泉水会出现一系列奇特的变化。泉流不再像往常那样缓缓涌出，而是从地底下岩石缝间猛烈地奔涌而出，一股股水的漩涡冒出水面，翻滚着，形成巨大的泉流，可一下子又停歇下来，恢复了平日里的悠悠泉涌，过一会儿又如此猛烈奔涌而出，循环反复，日夜不绝。有人说，深山腹底有一头沉睡千年的犀牛，它每翻身一次，水就晃动着溢流出来一次，形成巨大的泉流。夏天天气炎热，犀牛活动更加频繁，所以泉水奔涌的次数就越多了。

这么说来，放牛懒汉所遇乃泉流规律的一种，只是他没有发现而已。其实这种间断性泉流，物理学上叫虹吸效应，多发生在岩溶地区的山泉里。在封闭的岩溶通道中，由于虹吸作用，会形成具有一定周期性涌流的泉。这是由于液态分子间引力与位能差所造成的，即利用水柱压力差，使水上升后再流到低处。由于岩溶通道水面承受不同的大气压力，水会由压力大的一边流向压力小的一边，直至两边的大气压力相当，通道内的水面变成相同的高度，水就会停止流动。早在汉代，人们将虹吸称作"渴乌"，后来又有"注子""过山龙"等别称。

《后汉书·张让传》就有记载："又使掖庭令毕岚……又作翻车、渴乌，施于桥西，用洒南北郊路，以省百姓洒道之费。"

据地方志书记载，离犀牛杳约5公里的门豆屯也有间歇性泉水，现在几乎干涸了。这些泉水与天峨县的犀牛泉、都安瑶族自治县的喊来泉、德保县的喊叫泉、富川瑶族自治县的犀泉、凌云县的骂泉等一样，之所以会出现一些奇特的现象，都是因为虹吸作用。

犀牛杳名头的来源，还跟仫佬族一个盛大的节日有关。

相传古时仫佬山乡林深树密，禽兽横行，五谷大都被糟蹋了。于是众人推选一个叫罗义的族人率众擒兽，可野兽多得抓不过来。大家合计，擒贼先擒王，不如把狮子这百兽之王先降服。一天，罗义上山打猎，捧回两个精美的禽蛋，让母鸡孵化，孵出了两只金凤凰。罗义精心护养这两只金凤凰。金凤凰看到百鸟糟蹋庄稼，鸣啭两声，百鸟就躲到林子里。立冬前一天，罗义带上金凤凰登山捕狮，等到日落西山，只见三只狮子追赶三只兔子，罗义正要拉弓射箭，金凤凰扇动翅膀，上前搏斗，啄瞎三只狮子各一只眼睛。罗义接着连射三箭，三狮跪地求饶。从此，三狮听命于罗义，日夜守护田庄，百兽再也不敢袭扰。如今罗城的凤凰山和“三狮赶兔”景致，据说与此有关；罗义射出的三箭，形成了西门河、乐登河、白崖普河。后来，罗义上山捕了头母野牛，用它来翻田种地。他去世后，女儿罗英继承父志，于闰年立冬驯牛，但野牛野性难驯，挣脱缰绳跑了。罗英顺着蹄印追至深山，只见野牛一只脚被夹在石头缝里，痛得泪涟涟。罗英怎么扳也扳不动，只好给野牛唱山歌。歌声中，那道石缝悄悄张开了，牛脚便从石缝里抽出来。从此，野牛很听话，耕田耙地不在话下。第二年，野牛生下十二头小牛，罗英将小牛分给众人养护，这些小牛渐渐长大了。后来，野牛老死了，罗英为野牛修了一座坟。不久，坟头冒出一股清泉，人们称之为“犀牛沓”。仫佬族人为感念罗义、罗英，在闰年立冬这天，由族长或“会首”（依饭会最大的头人）带队，到社庙聚会，唱歌供奉祭祀，并把这天叫作依饭节，纳其音为有衣穿，有饭吃，以示饮水思源，勿忘根本。

在仫佬族的传统节日中，依饭节很有特色，也最为隆重。每年冬至过后，仫佬族人民会选择一个吉日，在村屯的祠堂或族人家里做依饭（即过依饭节）。过节的时间安排，各村各姓不尽相同。如东门镇石姓、银姓人家，“四冬”逢卯、未、亥年，“五冬”逢丑、巳、酉年，“八冬”逢子、辰、申年，选择在立冬后的黄道吉日举行。四把镇新村屯谢姓人家，则在丑、辰、未、戌年立冬后第二个未日举行。节日中心内容是举办依饭道场，道师们演唱内容多为唱诗，伴有音乐和舞蹈，显得庄重而神秘。各家各户会送来祭品，包括鸡、鸭、鱼、猪肉，以及一串串成熟的谷穗和一只只用薯类食物捏成的犀牛。各家各户还包粽子，蒸糯米饭，做糍粑，宰鸡宰鸭，准备各种美味佳肴。邻里亲朋可借此机会互相走访，可观赏依饭道场活动，可品尝特色美食，可参加抢粽粑、抢仫佬竹球、斗鸡、山歌对唱等活动。节时短的一天一夜，长的三天三夜。其间，村寨各户宾客盈门，亲戚朋友也前来道贺，像过年一样热闹。

关于依饭节的来历，还有多种凄美的说法。比如，白马姑娘射狮授谷授牛说。相传很久以前，野兽常出山林危害庄稼，人们根本没法过日子。这时来了一位骑白马的姑娘，她一身武艺，赶跑了百兽，并射狮、授谷、授牛、授武艺。从那往后，仫佬山乡人民安居乐业。人们为此定期举行依饭盛会，敬谢白马姑娘并请她保佑来年庄稼丰收。如今犀牛沓上的白马山和白马岩，据传是白马仙子的化身。还有的人认为依饭节来源于梁善和吴辅抵御外敌的传说。四把镇新村屯《依饭簿》记载：“帝封敕香大庙梁、吴二帝侯王，助朝护国，八庙王侯并及社王土主祖先统集歇马，一切尊神崇奉香火，始立龛堂一座，五年两会，七岁为一期，每逢亥、卯、未年奉新三元师祈神集福依饭地台愿款，祈求人畜平安，天苍五谷，依饭加增，年年有利，岁岁有余。每年轮头人虔心办事，所买牲头，选用吉日，谨用黄金钱纸一办，素供一堂，安坛小鸡一对。”大新村吴姓族谱也有记载：“远祖于明宪宗成化六年（1470年），先迁至大梧，顶戴梁、吴二侯王。每逢亥、卯、未年，大朝圣驾。”吴姓二冬祠碑也记载：“历代以来，敬有‘依饭公爷’，每逢辰、戌、丑、未之年，轮四房族头……办齐牲头，勿得有误。”清同治年间所立的《谢府祠碑记》也记载：“远祖颜政，于明朝自闽中播越此都……创业立籍，顶载梁、吴二帝积尝田，每发清明以麦祭祀。前辈拟定章程，逢辰、戌、丑、未之年，立冬二未日，大会朝武依饭，无论远近公族，莫不赴会焉。”

依饭节始于什么年代，似乎不那么重要。“滴水之恩，当涌泉相报”，对创立基业的先祖及帮助过自己的先贤表示感恩和怀念，是仫佬族祖先留下来的千年古训。如今一个懂得感恩的民族，正秉承着这样优良的品德意志继往开来。这也是犀牛沓冥冥之中给我们带来的训示。

在仫佬族的历史、神话和地名里，总反复出现犀牛这个熟悉而神秘的符号。除了与依饭节有密切关联的犀牛沓，还有犀牛山、犀牛潭、犀牛寨、犀牛望月……犀牛在很大层面上构成了这个拥有悠久历史与灿烂文化的少数民族的独特记忆和文化生态智慧。

其中，与犀牛有关的“稼”的故事流传甚广。从前，犀牛沓边的犀牛寨有一对青年夫妇，靠耕种几亩田地为生。寨主找借口把那名男青年推下犀牛沓淹死了。男青年死后阴魂不散，每晚都变成黄猹返回家中，后来其妻怀孕了。寨主说这事伤风败俗，暗中布置陷阱，逮住黄猹，杀黄猹并吃肉，骨头扔进犀牛沓里。孩子生下来后，寨主说那是怪胎，为他取名为稼。稼长大后，知道父亲被害的详情，决心报仇。一天，稼潜到犀牛沓底，遇到父亲的化身，那是一头长了三根金毛的犀牛。父亲叫稼从他身上拔下一根金毛，放进米缸里，今后就不愁吃穿了。稼照着做，果然灵验。后来，他将犀牛毛编成赶山神鞭，赶走石头，造出很多良田，从此乡亲们有了土地。寨主逼稼交出神鞭，稼将神鞭投进火炉烧化了。寨主又说赶走石头开出来的地是他家的。稼领着乡亲们到署衙告状，哪知贪官污吏与寨主乃一丘之貉，反让稼吃板子。稼又潜到犀牛沓底，犀牛让他拔下第二根金毛。稼于是以金毛为笔，在地上画了一匹三脚马，那马奋蹄腾空，直奔京都，闹得京城一片混乱。皇帝连忙出告示：谁能抓住三脚马，皇位让他坐十年。稼到京城，揭下皇榜，召回三脚马。可皇帝自食其言，反诬稼是妖孽，要将他斩首。稼只好回乡练骑射，终于练就了神功。这时皇帝派来了讨伐大军。稼又潜到犀牛沓底，拔下犀牛身上最后一根金毛。稼在牛粪岭扎草兵，大批官兵从四面八方放起火来。稼急忙用金毛给草人洒水，但因时辰未到，草人还不能走，被大火一把烧了，稼也昏倒了。稼醒来，杀回村里，杀了三天三夜，但终因寡不敌众，三脚马被毒箭射死。稼奋力杀出重围，用弓箭在地下一戳，戳出个深水潭，纵身跳了进去。官兵在潭口架起大刀，稼从潭中探出头来，头被砍掉了。稼的头滚到妈妈怀里，说：“把我的头装进坛子里盖好，九天九夜之后再打开，我还要报仇！”但他妈妈报仇心切，第七天就打开坛盖。稼的头变成一窝黄蜂，因未到时辰，翅膀还嫩，只有三只飞去蜇死了寨主，三只飞去蜇死了县官，三只飞去蜇死了州官，另有三只飞到皇宫要蜇皇帝，但因飞得太远，翅膀又嫩，被官兵扑落踩死了。其余的黄蜂不能远飞，便飞到山上采花酿蜜，继续为仫佬山乡酿造甜蜜。

这些凄美神奇的传说，曲折动人，充满着某种魔幻色彩，始终透露着一个族群对自然社会的朴素理解，始终张扬着一种坚定不移的向善情怀和品格意志。

仫佬族神话和地名里另一只“犀牛”，则在地洲村的对面——从犀牛沓继续往东不足3公里，有一座山像伏卧的犀牛角，角下有一只月亮状的天眼，得名伏犀月亮山。传说它像一只神兽的天眼，千百年来守护着这方水土。

伏犀月亮山下有山泉日夜奔涌，还盛产野鱼，蒸煎焖汤，各种烹法，味道均上乘。特别是用犀牛沓泉水烹煮，加点酸菜，肉嫩如豆腐，汤鲜至极，让人终生难忘。20世纪60年代风靡全球的电影《刘三姐》中，脍炙人口的歌词“蜜蜂过岭为花开，清潭起浪引鱼来；一心来会刘三姐，八方歌手四路来。四路歌手会歌来，哪管船来是路来；船来摇断几支橹，路来磨烂几双鞋”，其中“清潭起浪引鱼来”说的正是此眼泉中的野鱼。

如果说伏犀月亮山下的月亮洞是一面古铜镜的话，那么环于其周围的伏犀月亮山、卧虎山、九牛岭则是一个个眉目清秀的仙女，正在伏犀月亮山牛头下的山泉里沐浴，对着月亮洞里的铜镜梳妆打扮。伏犀月亮山也叫伏犀山。被时人称作“月亮”的天眼，传说是太上老君坐骑——兕的眼睛。

《山海经·海内南经》记载：“兕在舜葬东，湘水南，其状如牛，苍黑，一角。”兕，古代犀牛一类的兽名。兕本是恶煞之神，被太上老君乾坤圈制服后成了吉神。

那么罗城和伏犀又有何渊源呢？每年的农历四月初八牛王诞又是什么来历？

仫佬族在史书上称为“姆佬”“木佬”，“仫佬”在壮侗语族侗水语支中是母亲的意思。传说在远古洪水泛滥时期，仫佬族先人以蕉叶做船，采芦苇秆做桨，在洪水里漂流多日，一直在寻找可以安全停靠的地方。一天夜里，小船终于搁浅到一处平地上，大家筋疲力尽，又饿又累，再也走不动了，倒头就在船上睡着了。翌日醒来，惊奇地发现洪水已经退去，而他们搁浅的地方竟是太上老君坐骑兕的背部。众人感激不尽，跪谢太上老君，并奉上身上仅剩的一点糯米粑粑。太上老君接过糯米粑粑，随手一撒，顷刻间大地山川长出了青青的禾苗。太上老君朝四周瞧瞧，洪水还未完全退尽，山川还是一片狼藉，掐指算算，当日四月初八正是兕归上古之位之日。于是神手一挥，兕魂魄归位后，留下肉身化作一座青山。临别，太上老君叮嘱：“此地名为罗城，此山名为伏犀，今特留天眼于此，护佑你们后人智慧开明，生生不息。”于是，仫佬族就在罗城定居，奉伏犀山为神山，天眼为智慧开明眼。为纪念太上老君，仫佬族有了三年一次向上天和大自然祭祀的依饭节。也为感激兕的救命之恩，人们将每年农历四月初八奉为牛生诞。这一天，人们为兕奉上酒食，并让所有的牛停止劳作。这一风俗至今保存。

仫佬族是一个重恩义的民族，谁对他们好，他们就感念谁。如今依饭节、牛王诞等节日，除了感念犀牛，还被仫佬族人赋予更多的内容和意义，他们感恩好政策，感恩新生活，感恩新时代。这些感恩都发自肺腑，真真切切，像犀牛沓泉水一样清澈无瑕。犀牛也给仫佬山乡带来深深的回报，领着九万大山从北面而来，像一把巨大的荷伞，庇护着罗城的山山水水。大山蓄藏着上天赋予的丰富水体，到东门及小长安这一带稍做停留，找到了合适的出水口，在白马山下从犀牛沓奔涌，再向西流去，穿过阡阡陌陌，汇成西门河，与地洲村向东流去的山泉水及其注入的武阳江，形成了这一代水系的重要架构，千百年来温润着这方水土。

多少年过去了，岁月沧桑，犀牛远逝，抚今追昔，其中有恩有报，尊道贵德，天人合一，难道不值得我们效法吗？山溪潺潺，暖风习习，好像应和着我绵绵的思绪。

只可惜犀牛月亮山被开山取石，毁了不少，山泉水的水量也日渐减少。犀牛沓亦然，背靠的岩石被采石场侵占了，泉口处的一块犀牛状巨型石头也无迹可寻。白马山后背深山弄场里，一个很大的采石场正在热火朝天地开挖着。我想，即使此处岩石安然无恙，别处地方的岩石也会遭受同样的命运。岩石因人而存亡，大概自有定数。只是我与石头之间有着不同寻常的情谊，所以多一份关心罢了。

高山流水

说起天峨，第一感觉便是闲云野鹤之境，圣贤隐居之所。

位于桂西北的天峨县，相传向阳镇老街的西北面有一座高山，有农夫开山垦地，忽见一对天鹅腾空高翔，福赐万方，故向阳改称“天鹅”。因境内山峰奇多，后人把“鹅”改为“峨”，天峨圩、天峨乡（今天峨县向阳镇）因此得名。如今，向阳坝子西部大山仍称“鹅山”。台北市成文出版社有限公司于1942年出版的《凌云县志》记载，“乾隆初置凌云县，苍岭天峨，雄峙南北，盘江清水”，说明天峨乃为凌云县雄踞于北的一座大山，与南方的苍岭两相对峙，也寓天峨得名源于“山”之意。

天鹅冲天，开一方净朗天地。

山清水秀的天峨，其中的神秘与俊秀不再活在传说里。山高峻而挺拔，水流秀而逸，河里还有精美的石头在唱歌。那石头叫红水河奇石。

这里，群峰叠翠，沟壑纵横，古木参天，鸟啭兽鸣，瀑流飞练，远离城市和工厂，是天然的氧吧。布柳河的仙人桥流水依依，苍莽的川洞如隔世之门，碧绿的峨里湖静如处子，六排冰峰洞曲径通幽，红水河峡谷百里如画，龙滩水电站大坝筑起高峡平湖，纳州魔谷岩传来天籁，犀牛泉每日三涌高山流水……

《列子·汤问》有载："伯牙善鼓琴，钟子期善听。伯牙鼓琴，志在高山，钟子期曰：'善哉，峨峨兮若泰山。'志在流水，钟子期曰：'善哉，洋洋兮若江河。'"于是，高山流水始得琴曲之名。如今天峨县向阳镇告里屯的山脚下，有奔涌的清澈山泉叫犀牛泉，其背靠着葱郁浓荫的巨型石山，面对着阡陌纵横的田畴和一排排金黄的稻浪。

这不正是高山流水的境界吗？

愈伯牙、钟子期两位先贤知音若有知，一定驾鹤而临，再来一曲《广陵散》，将巍巍之志寄托高山，将洋洋之情交付泉流。然后再摔琴而去，因为这世上再难寻这样纯净的山水。

此境群山屏列，水木清华，山花烂漫，竹影斑驳，藤蔓倚壁，景致清雅优美。山泉就掩映在古树间，清澈的泉水从一块卧龙状的巨岩两边同时涌出，晃晃悠悠，水面波光粼粼，像两串翠珠不断奔涌摇曳，在日光下熠熠生辉，如青龙吐玉。

最令人迷惑的是，犀牛泉每天分早、中、晚各集中涌流一次，每次持续约一个小时。泉流停歇，泉眼滴水不涌，可一旦出水了，老远就能听到轰隆隆的响声从泉眼洞里传来，如山洪突发，响声如雷似鼓，焕发着勃勃生机。可在犀牛泉下边数米远的石缝中，有一股泉流却是源源不断。还听说山后的另一个屯——常里屯也有一眼类似的山泉。奇巧的是，告里屯的泉水涌流，常里屯的泉水就断流，如此循环交替，年年月月，不知其中到底有何联系和机缘。

相传泉洞内有一头犀牛在泡水，卧伏时泉水四溢而外泄，抽身上岸时水位则下降，洞外不再有泉流，故得名犀牛泉。据传夏天的时候因泉水暴涨得厉害，农田不时被冲击，村民们便在泉的下方不远处砌墙围坝，把水引向底沟，蓄起水来，水面平静如镜，日月星云倒映其中，如天垂镜，用“天光云影共徘徊”来形容也不为过。

如今这条方石砌成的古渠，粗糙斑驳，稳当当地从村边穿过，在时光岁月里依然发挥它的作用。

无独有偶，云南安宁市有三潮圣水泉，丰水季节，细流汩汩，泉水叮咚；枯水期间，泉口干涸，寂静无声，每隔三四个小时，泉水便呼呼喷出，两三个小时后，又突然断流。过去人们不明白原因，编织了不少神话。现谜底已揭穿，这其实是地下溶洞虹吸现象的综合反映。

像天峨这样的喀斯特地貌地区，地下多溶洞，其间泉洞多点分布，形成大小高低不一的水坑，在地下泉水涌上来后，一个个水坑蓄满水，溢出后就形成了水浪，导致泉眼每隔一段时间就有泉水流出来。当泉口有响声时，声音传入洞内，产生一系列物理声学作用，洞内水体水面承受一定声压，诱发引起虹吸作用，从而使泉水向外涌出。若洞内蓄水坑的供给水主要源于地下水，则成为永久性泉涌；供给水若来自地表水，则成为间歇性泉涌。都安喊泉、凌云骂泉、德保喊叫泉，以及安徽、浙江、贵州等地的声振泉，平日不涌水，一旦以石击地、石石相撞，或拍手、吼叫、唱歌、争吵，清澈的甘泉就会奔流而出。这都是虹吸作用诱发的。

犀牛泉的古怪，也源于大自然的这种虹吸作用。

犀牛泉还被称为“冷热泉”“风雨泉”。丰水季节的红水河水浑如泥浆时，海拔500多米处的犀牛泉却涓涓细流，清澈透亮，是一股难得的清流。隆冬季节，朔风劲吹，树挂冰晶，此处水面仍然暖气飘袅，如轻纱浮动。每逢干旱，泉眼突然停水一天，就意味着大雨即将来临。如久雨不晴，泉眼停水不出，就是快天晴了。

犀牛泉何以能预知天气？富川瑶族自治县石脚寨山上的岩洞里也有一个水潭，晴天清澈明净，将下雨时水面泛起一层金黄色的物质，在阳光的照射下如铜镜闪闪发光，两三天内必下雨。资源县梅溪镇坪水底村有一眼气象泉，一旦泉水断流，一两天内必有雨至。灵川县海洋乡有一泉，天气晴朗时，泉水清澈，当泉眼涌出乳白色浑水时，三天内必有雨，并可根据浑水多寡预知雨量。贵港市港北区庆丰镇新圩村有个泉池，池水清澈，常年满溢，每逢大雨前半日，池水变成淡红色。据检测，此时水中含有锶、氡等

20多种微量元素。云南西部有一泉叫仙人塘，大雨前两三个小时，原本清澈的泉水会变成米汤样的乳白色溶液，大雨后两三个小时又恢复清澈。湖南辰溪县境内沅水边上的波罗洞，每逢久晴转雨或久雨转晴前夕，洞边的水里便翻出大水泡，并发出“噗噗”响声。四川古蔺县有天堂泉，每逢泉水为褐黄色，预示天气将由晴转阴，欲降大雨。据考，泉水颜色的变化其实是硫酸根离子浓度加大、高价铁离子浓度加大的水化学变化过程，它是石灰岩地区溶泉所特有的水循环系统造成的。

像犀牛泉一样，大自然到底还有多少不为人知的秘密？

闲坐在泉边斑驳的石块上，面对一汪清幽幽的池水，穷思它的奇特，挖开它的根蒂，探究它的机理，还是不可知其源。摘一片绿叶折叠成三角漏斗形，舀一斗清冽透亮的泉水入口，再掬一捧浇浇发烫的额头，混沌的思维渐渐清晰明朗。

这时，大山深处荡起敲击铜鼓的声响，盛大的蚂蜗（青蛙）节正在隆重登场。《后汉书·马援传》云：“马援出征交趾，得骆越铜鼓，铸为马。”制作铜鼓的骆越先民，即为现今的壮族、瑶族、苗族、毛南族、仫佬族、布依族等南方民族。今天这一带的少数民族同胞，在山道与田野之间，戴上古老的傩面具，跳起了蚂蜗舞，铜鼓声、山歌声、祈福声相映成趣。年轻人则围着篝火，对唱蚂蜗歌，彼此深深了解，寻找心仪的恋人。在壮族民间故事中，青蛙是雷神派到人间的使者，当需要下雨时，青蛙即对天鸣叫，雷神听到后便降雨水。因此，红水河流域的壮族村寨盛行举办蚂蜗节，以祈求风调雨顺、平安吉祥，处处彰显着淳朴的民风。

犀牛滚澡，其声如雷；铜鼓擂响，盛世和鸣。

犀牛泉一股股清流，流出的是千年铜鼓的和鸣，是百年大党的颂歌，是世间绝美的音响。

到美女泉去

朋友用微信给我传来一组照片，画面清雅飘逸，隽永厚重，拍的都是南疆边陲大地上最美的泉眼。其中一张彩照，下面标注的文字是“美女泉”。只见巍峨的大山围拢下，古老的村落巷道间，有一汪幽幽碧水，煞是迷人。那时候我还不知道美女泉在哪里，因为喜欢那张照片，喜欢中越边境上的那一股股泉流，我记住了美女泉这个令人怦然心动的名字。

仲秋的一天，突然有机会到龙州县，而且正好要到金龙镇板池屯，那可是美女泉温润下的“美女村”。而屯名“板池”，在壮语里是指有泉池的村寨。我们从县城出发，在车上才小睡了一会，师傅就说已到地方了，这才恍然大悟，原来这就是照片上见到过的美女泉和“美女村”。

我睁大了双眼看，有阳光，视线很好，那一汪熟悉而又陌生的泉井，微微晃荡着，显得十分温顺。下了车，走到泉井边，仔细端详“美女村”流出的这一汪清澈而澄净的泉水。哦，原来在这距离边关10多公里的大山之中，有茂密青翠的树林，有古老的壮族村落，这水就在村头巷尾的一处开阔地的地底下冒出，常年淙淙，涝旱如故，水色如碧玉，清爽而甘冽，与中越边境的许多广西山泉水极为相似。

泉水被砖石紧紧围拦着，呈长方形的池子，深不足1.5米，长约8米，宽约3米，分五级台阶而下，泉眼则另外被围成1米见方的八角状池子。清亮的泉水从泉眼缓缓涌流，盈盈一汪水，在八角状的池子里翻滚盘旋，通过一个管渠涌入外边的池子，溢满后流入第二个更大的池子，之后向广阔的池外奔去，遇到大山的拦阻，便在山脚下聚成数亩水塘。“美女村”的老百姓世代饮用着这泉水，数百亩的良田也全靠它灌溉。

泉边的池里有村姑在洗濯衣物，也有光着脚丫踩到池里梳洗长发的，几个壮家小姑娘在池边哼着山歌，三两个小孩在塘边摸青螺。“美女村”里，男的眉清目秀，朴实而坦率。而女的姿容姣好，身材苗条，眉目如画，淡妆浓抹间，宛若雪里梅，素雅而有气势；又如傲然孤立的天鹅，明显别于他人，特别是饱受天琴艺术的熏陶，能弹、能唱、能舞，把别处的姑娘远远甩开三四条街。

清泉有幸养红颜。泉旁立着一块石碑，阴刻“美女泉”

三个大字赫然入目。于是板池屯以及泉眼便跟美女套近乎，有了“美女”之实名。不知大自然生出这泉水是为了滋润红颜美女，还是这都是所有山泉水的本意，只是很多人不知道而已。据说常有仙女下凡来此沐浴，使泉水充满仙气，引之灌溉，庄稼茂盛，五谷丰登，遍地金玉，于是这泉又叫玉泉。听闻取用此泉水，小伙帅气，姑娘清秀，容貌姣好，加之板池屯男女比例失衡，女多男少，于是“美女村”“美女泉”的美名被叫习惯了。其实，230多人的板池屯，海拔1240米，四季如春，气候宜人，空气里盛着满满负氧离子，正是养颜养生的世外桃源，哪能不产美女？还好这泉水确确实实滋养出一方美女，总归没有白流。

相传很久以前，一天突发大水，整个村子都被淹没了。正当人们绝望无助时，有位仙人显现，说正月十一到泉边设宴祭祀，向泉祈祷，即可免除灾害。于是，每年正月十一，村寨里的男女老少都穿着节日盛装，手拉手聚在一起，隆重举行传统歌节——侬垌节。“侬垌”是壮语音译，意为到宽阔平坦的地方去相聚。如今，侬垌节成为金龙镇壮族人民特有的节日。

侬垌节这一天，板池屯及其附近村寨的男女老少早早起床，经过一番精心打扮后，三五成群地从四面八方涌向美女泉边，赶一趟新年侬垌节。传统的侬垌节有祭祀天神、祈盼上苍来年赐福、求风调雨顺、保平安健康等内容。如今节日的内容已随着时代延展了，舞龙、斗鸡、拔河、唱山歌、抛绣球、赛篮球、踢毽子、打陀螺等齐上阵，热闹非凡。节目吸引了众多年轻人，他们三五成群，拉开架势，男女对唱山歌，以歌传情，寻觅自己心仪的对象。

这次到美女泉，最幸运的是能在现场观看一段天琴表演。只见身穿黑色长裙、头戴珠绒黑帽的壮族女子，款款有礼，楚楚而来，手持天琴，边弹边唱，边歌边舞。舞步轻盈舒缓，曲调轻松活泼，歌声委婉动听，如竹林听涛，如丝绸过耳，如月夜涓流，令人如痴如醉。最令人激动的是用天琴伴奏歌唱，只见一名眉目清秀的女子，右手食指弹拨双弦，左手按弦，边弹边唱，边摇着脚尖上挂着的铜铃串子，歌声、铃声、琴声，和着节拍齐响。琴声畅快抑扬，如春夜喜雨，轻幽细碎，润物有声似无声。铃声嘈嘈切切，交错摇响着，正是“大珠小珠落玉盘”。歌声婉转清晰，像黄鹂在花下啼鸣，像泉水在溪涧潺流，又像另有一种欢娱喜悦暗暗滋生，既变化多端，又深度融洽。突然声音渐弱渐歇，直至悄无声息。戏台及周遭都静悄悄的，只见美女泉映着日光泛着白，却突然间掌声如雷，众人拍手叫绝，欢呼声久久回荡。有人介绍说这就是“唱天”，是天琴艺术的最高境界。“口出蛮音莺弄响，足摇铃子手挥弦”，龙州清代文官黄敬椿的诗句真实再现了这一绝美场景。今有幸欣赏，可三月不闻肉味。

天琴是流传于中越边境壮族地区的弹拨类弦鸣乐器，壮语称“鼎叮”，由乐器发声谐音而得名。天琴原本是巫婆驱魔除鬼时所用的法器，后来渐入寻常百姓家，演变为众人弹琴歌舞的乐器。天琴奏唱活动分为“唱天”“弹天”“跳天”三个环节，所以这种乐器又名“天琴”。传说很早以前，十万大山南麓的壮族山寨里，有一对悄悄相好的年轻人，男的叫农端，女的叫农亚。一天，他们结伴上山砍柴，在一个岩洞口听到“鼎叮”之声传来，循声看见一汪潭水，潭顶岩壁结有数滴小水珠，并一滴一滴地滴落深洞幽潭里，发出美妙悦耳的声音，令人心旷神怡。加上山洞和森林的回响，那声音更是悠扬传神，让人回味绵长。世间如此清净微妙的声音，是造物主对有缘人的恩赐，怎能一人独享呢？农端和农亚想把这神奇的声音带回山寨，和乡亲们一起分享。但这要怎么样才能做到呢？于是，两人在山林中寻来一个葫芦壳、一根木杆，将木杆插进葫芦里，绑上野藤细丝条，模仿着水滴声弹起来，如此反复尝试，又不断变换设计，终于弹出了天籁般的“鼎叮”之声，恰似深洞滴水的声音。到了寨子里，众人共赏农端和农亚的弹奏，无不拍手称绝，此物也应声得名“鼎叮”。众乡亲依样画葫芦，“鼎叮”很快在壮乡千家万户盛行，也惊动了天上宫阙。天仙下凡，召农端和农亚上天庭，给玉皇大帝等众仙弹琴唱歌。日复一日，农端和农亚修成歌仙。他俩很想念乡亲，每年正月初一至十五，趁天门开启之时，便偷偷赶回凡间，与乡亲们歌舞相会。这种活动后来成为固定形式，定名为“跳天”，为天琴奏唱活动中“唱天”“弹天”“跳天”三个环节的最高仪式。直到今天，每逢壮族传统节日，板池屯及其附近村的乡亲们都要举行群众性的“跳天”活动，天琴则是这种活动中使用的唯一乐器。

《防城县志》有载：“今之编人（同‘偏人’），即古之壮族为初民之使牛耕田者……编人言语，即壮族言语，融合演变而成村语。”壮族先民在长期的历史发展过程中创造了独特的民间艺术，天琴只是其中的一种。清光绪九年（1883年）修撰的《宁明州志》载：“女巫，俗名魑婆……以交鬼神为名，以‘匏’为乐器，状如胡琴，其名曰鼎……凡患病之众，延其作法，则手弹其所谓鼎者而口唱其鄙俚之词。”其中之“鼎”，便为天琴。史籍中只记述了天琴在清代时的使用情况。据龙州县金龙镇板烟屯天琴老艺人马景丰讲述，这门技艺是其祖上传下来的，可能在宋代时已有，他还收藏着一把祖父传下来的天琴。那把天琴造型奇特而古朴，现还能弹拨，且音质圆润，很有研究和艺术价值。现中国乐器博物馆里，也珍藏有一件来自壮族民间的天琴。

这种带有原始巫术性质的弹琴歌舞，如今成为群众性的娱乐活动和国家非物质文化遗产保护项目。板池屯及其附近村寨则是天琴文化的重要发源地，村民们热爱弹唱，时而合奏，时而独奏。天琴已经深深烙印在一个民族的血液里，见证着曾经的光辉和荣耀，以及对美好生活的期待和梦想。

漫步在板池屯古老的巷巷道道，听着幽幽泉涌声，品着圆润的天琴声响，端详着壮家姑娘轻灵的舞姿，整个身心好像都浸在美女泉里，旅途疲劳和人世的纷争悄然飞至九霄云外。唱一曲壮家敬酒歌，来一碗壮家美酒，碰杯换盏间，琴泉和鸣，多少风流尽杯中。而时光过隙，流连之间，天色将晚。泉池上，月亮出来了，下到池边，在水面上划破水波，用手捧起如珠似玉的月亮，喝一口泉水，清冽甜美，沁人心脾，令人久久回味。摆摆手即将返程，已忘是跟泉水道别，还是跟美女道别，突然间感到人在凡尘，身不由己。

回到县城，与友人再喝些小酒，至住处已是半夜。倚窗四望，边城灯火阑珊，而此处空旷得可安放五六张床铺，不禁觉得空寂悲苦，急急慌慌，就再也无法入眠。

古往今来，美女往往与江山有关联。忆今日见闻，心清如泉，泉水洗涤了心性，滋养了美女的风雅，而美女弹拨的琴声，永远荡漾在泉水上，充盈着此地的过去、现在和将来，散发着岁月的光芒。不是么，很多山外的来客，慕着美女之名来到龙州者络绎不绝，也让这边远的村村寨寨走出了山门。县里还组建了天琴女子弹唱队，其中的骨干组员大多来自“美女村”。他们曾多次到各地演出，摘得多项荣誉，把中国天琴艺术之乡传扬到了海内外。历史上，这里曾是风云际会之所，许多英雄豪杰聚集于此，共谋天下大事，创造历史伟业。桂系军阀陆荣廷发迹地和重要的活动据点就在龙州。陆荣廷曾在这里召集部属召开两次重要会议，做出应对时局的正确方略，对旧桂系政权的存亡产生重要影响。岭南各路俊杰通过珠江、郁江、邕江航道，沿着左江，纷至沓来，为龙州这座南疆边陲小城增色不少。卢焘将军年轻时为找前程，曾辗转千里，千辛万苦来到龙州投奔陆荣廷，谋得前往云南讲武堂学习的机会。他从这里出发，成就了其传奇的人生。土地革命时期，邓小平曾从上海绕香港、越南和百色抵达龙州，广泛联络各路革命力量，与李明瑞、俞作豫等一起，组织、发动和领导了震惊中外的龙州起义，成立中国红军第八军，创建左江革命根据地。龙州起义是继南昌起义、秋收起义、广州起义和百色起义之后，中国共产党领导的一次影响深远的武装起义，为后人留下了宝贵的精神财富。越南抗法战争及新民主主义革命时期，胡志明在龙州建有指挥部和秘密联络点，并长期在这里工作。现今县城有中国工农红军第八军军部旧址、龙州起义纪念馆、陆荣廷旧居、胡志明展馆、法国领事馆旧址等景点，可见当时龙州的繁华以及其在广西的特殊地位。

“江山代有才人出，各领风骚数百年。”多少英雄豪杰聚集龙州，接受美女泉的陶冶，在这里集结，再出发，开创时代伟业，打理多彩江山，让山河无恙，岁月静好。

世间之美景，人世之风华，尽在眼前，且行且珍惜吧。

卡叔怪泉记

都阳山脉从云贵高原向东南延伸，到了大化瑶族自治县七百弄蓦然挺拔巍峨，喀斯特丛峰密集布局，而且保持着原生态的风貌，被冠以“石山王国”和“国家地质公园”的雅号。七百弄名气也因此大盛，自驾游者络绎不绝。按说如此风景胜地，应是世外桃源，“土地平旷，屋舍俨然，有良田美池桑竹之属。……黄发垂髫，并怡然自乐”。然而这里却曾穷得一塌糊涂。联合国教科文组织官员曾说这里是“不适宜人类生存的地方”。谁不想在好点的地方安居呢？七百弄瑶族同胞的祖先当初选择居住于此，肯定有许多不得已的苦衷。

这里到处群峰林立，草木稀松的山上乱石如麻，石缝间夹杂着一些泥土，只能种玉米。除了没有可耕种的平旷土地，没有阡陌交通，最要紧的还是没有水源。但弄雄村卡叔屯却是个例外。因为那里有一口泉，尽管来水很小，用起水来还像过去发粮票一样，但对于这里的瑶族同胞来说，已弥足珍贵。

卡叔泉就在群山环抱的卡叔屯里。石山下一堆岩石间，有一个泉眼镶嵌在石缝里，这就是卡叔泉。在一条很深长狭小的石头缝隙里，可见到有泉水从一处石缝下汩汩而出，又流入别的石头间隙里。清澈的泉流就在那里，肉眼隐隐可视，而伸手无法触及，该是多么令人着急的事。

山里人还是有法子的，砍来了青竹，劈开为二，凿通竹节，做成竹槽，伸到滴水处，把泉水引出来了，流落到泉下的一处小池子里。看着这清凌凌的泉水，摘一片树叶折成三角漏斗形，接一斗泉水往嘴里送，那甘冽，那清爽，沁人心脾。多么可口的山泉水！

但这泉水也是蛮讲究的，每日固定在下午四时来水，约一小时即停，所出水量在四五担之间，正好够附近人家饮用。卡叔泉这种定时定量来水，好像是专门为此处几户人家而来。

“这水够用吗?”我问了一蒙姓人家的户主。

“知足啦，该知道感恩啦。”他高兴地指着屋后半山腰上的家庭水柜说，“我们还有水池。吃水用泉水，洗濯用池水，省着点就行——现在不是厉行节俭吗?”

我以为，事物之于人之利弊，不在乎形体大小，也不在乎处于显眼或边鄙之地。现在这涓涓细水，连山间石牙缝隙都淌不满，隐藏在穷山石壁之下，几户瑶族同胞吃它用它，虽然不能与五湖四海同等体量和荣光，但却足以滋润一屯一隅之民，总算有它的用处。

人啊，有时隐没行迹，姑且于不为所用之际施行些阴德，然后熏陶于周边之人或物，惠及他们的德与行，不也是很有意义吗？

众人皆知汉初张良的贤德，却不知张家界盛名之源头，更不用说知道张家界有张良墓了。岭南邕城有“岜莱诗会”，其主创者及众诗人也莫不如此。他们都像卡叔泉一样不为世人所熟知，但事实上，它们聚日月之光辉，集天地之寒气，不管你来与不来，依然在那里守着，润物无声，至诚至善，初心不改。

今有幸以文记之，但愿这样的恩德能度己度人，传扬光大。

凤凰泉影

穿过十里“荷美覃塘”清凉的龙凤河，山开始增多，村落却越来越小巧。这时正是暑夏，绿油油的凤凰山上飘满了红旗，鲜红的色调下是蜿蜒雄伟的“长城”。没错，这是当地群众引资新砌起的城墙，令人不禁想到“不到长城非好汉”那种气壮山河的豪迈，内心肃然动起“一定要爬家门口这段‘长城’”的念头。

到达凤凰山门，门楣上赫然挂着“灵龟山长城”的牌子。凤凰为何要傍灵龟，问了当地人，才知道是要“沾名气”的缘故。南唐李煜欣赏名妃的小脚，以至于后世竞相仿效，大兴缠足之风，让中国千千万万妇女的天足失去了自然成长的机缘，一直延续到民国时期。这里凤凰山仿效着灵龟山的气势，虽不协调，但也足以说明灵龟山名气之盛。

入得凤凰山门，绿草和怪石夹道，穿梭于仿古砖打造起来的城墙之间，墨灰色里，走走停停，感觉身临真的长城。我会偶尔拍几张照片，发至朋友圈，竟然也没有人能辨识其中真假。城墙蜿蜒匍匐，整体上模拟了长城的外观，依山而建，步道循着山脊而上，攀登的路面宽敞而平整。我休息了好几次，花了40多分钟，才喘着气登上绝顶。观赏着周围景致，青山如列，阡陌交通，田园风光，尽收眼底。四下望望，景色非常秀美。往东面看，可以远远望见平龙水库，映着碧空，浮云在大坪天山上飘忽而过，稍近处则是十里荷塘，似乎远远飘来缕缕的荷香。大自然这些景致高低疏密，不是人的聪明才智所能安排的。在山下时能清楚指出的那些山峰，现在已不知去向了，只知宇宙如在掌中，河溪是它清晰的纹理。俯瞰山下，凤凰山却像一道边界一样横卧着，草盛而林木稀，山石突兀而贫瘠，由山谷上来，山势越高越陡峭，一直收拢到峰顶。如果没有这段仿古长城，难以想象这周围的景致还要继续被埋没多少年。

突然觉得口渴难耐。如此险要的凤凰山，如果有千万道瀑泉在流动，让山岩和人影摇曳水中，石缝间泉流激荡，水声不绝于耳，我还会想去看别的山吗？一同登山的人指着西边方向说，前方有清泉。远远望去，前方层林叠翠的山间怀抱里，烟波浩渺，碧水如丝，一个叫新归屯的村庄，地下水系极丰富，到处是流动的泉水，有五个泉眼长流不息，把井井良田滋润在水的依依爱恋里，一派旖旎田园风光。新归屯的北面凸起一座小山丘，其形如卧龟，被绿树遮盖得严严实实的，人称“灵龟山”。灵龟山的龟口处涌出一股清泉，长流不歇，这就是灵龟泉的源泉。龟头下，一汪池水灵动着，碧波荡漾，远远地透着清凉的气息。

关于灵龟山，有一个引人入胜的民间传说。很久以前，新归屯一带毒蛇、猛兽、毒瘴三患常为祸，害得民不聊生。于是村人搭建祭台，备齐牺牲，向上苍长跪三日三夜，祈求上苍主持公道，以还天地正气。他们最终感动天神，于是天神派灵龟下界。灵龟到新归屯后，尽职尽责，施展法力，终除去三患，换得一方福寿安康和风调雨顺。因消耗法力太多，灵龟在新归屯稍做休息，却不想因此长眠不醒，固化成一座小山，千百年来守护着新归屯。

下山后，直奔灵龟泉，那是一股清澈的泉流。只见灵龟山下龟口处，苍黑的石头天然合拢，围成一处小洞穴，山泉水从洞穴深处的石缝间源源不断地涌流而出，流入泉洞口的人工井池里，发出汩汩的悦耳之声。井池围砌着石头，不大，5米见方，虽是人造，却宛若天成。池中三座龟形石头匍匐水面，朝着旭日东升的方向，呈左中右排列，好像护卫着滋润它的泉眼，又如恭迎着每一日的晨曦，为一方百姓接纳绚丽的朝阳和最美的福泽。浅浅的池水中，大大小小的石子历历可数，上百条细小透亮的鱼儿在其中自由自在地游弋着。到龟口处，掬一捧刚刚从大地深处奔涌而出的泉水喝上一口，冰冰凉凉，甘甜可口，沁人心脾，让人不禁回忆起初恋的味道。

“问渠哪得清如许，为有源头活水来。”灵龟山之后连绵着远远而来的青翠群峰，想必便是其“源头活水”吧。群峰内核深处积蓄着大自然最鲜活的水体和最隐秘原始的力量，在灵龟山找到了启发这种力量的融合点，便奔涌而出，形成了源源不断的泉流。这一定是大自然鬼斧神工中厚积薄发的伟力，人类应敬畏它，膜拜它，保护它。

清澈的泉流在泉口的池子里稍做停留，便通过屯中的地下管道，流入一汪更大的池子。从凤凰山下而来的进村公路到这里后左右分岔，好像一双手将椭圆的池子捧在手心。一亩方塘铺开，汩汩细流不断翻滚着涌入，如浩浩荡荡的海。和龟口处的水一样，池子里的水清澈透明，有好几十条稍大的观赏鱼，历历可数。观赏鱼的背部为红色，点缀在树下的小池中，像一片片落叶。泉水在这里溢满后，再通过另一边屯路的地下管道，分别流入两处5米见方的池子里，供人洗濯，然后通过弯弯曲曲的溪道，灌溉着这四周大山环抱里近千亩的良田，最后远远地汇入龙凤河。

灵龟泉所在地，是北回归线上一个古老的壮族村落。北回归线是地球的腰带，那里总有很多奇迹发生，在这片土地上就孕育着梦幻般的自然风光和独特的壮族文化。新归屯已建成了格桑花、油菜花、油葵基地，农家乐、文化长廊、灵龟宝山生态休闲区、田园观光绿道，一应俱全。四季长流的灵龟泉，冬暖夏凉，富含多种对人体健康有益的矿物质元素，这一带出了好多位长寿老人。有人还说，屯里多生双胞胎，与灵龟泉水好像也有某种关联。常见有村民到此祈子求寿，后来慢慢演变成为当地一个个传统节日的聚集之所。每年农历三月初三，这里会举办盛大的民俗文化活动，山歌、壮族民间舞蹈、瑞狮巨龙舞等在此齐上阵，热闹非凡。农历六月初二黄皮节，漫山遍野金灿灿的黄皮如串串金珠缀满山坡，新归屯的村民们会携箩带筐采摘黄皮，烹制黄皮焖鸭、黄皮焖排骨、黄皮炒鸡、黄皮扣肉等黄皮系列菜式，聚集灵龟泉边，摆设长桌宴。数千人集体聚餐，向灵龟泉和神龟献酒，以求幸福生活像山泉水一样充盈富足，身体像灵龟一样健康长寿，子子孙孙像泉涌一样世代繁衍、生生不息。

夕阳西下，鸡鸭回笼，牛羊归栏，向晚的阳光洒向新归屯，泉池中的倒影熠熠生辉。远离城市的喧嚣，一种“山气日夕佳，飞鸟相与还。此中有真意，欲辨已忘言”的况味油然升起，在“忙成狗”的节奏中捕获一段内心的沉静和短暂的安逸。临泉池而远眺，村口的凤凰山云霞飞渡，红旗招展如画，“长城”巍然深沉，此情此景正是“中华儿女多奇志，不爱红装爱武装”。这时，让人不禁想起1972年尼克松访华时的一段故事。当时尼克松按计划于翌日游览长城，但突降大雪，进山道路被大雪覆盖。第二天早晨，尼克松一行开车直抵烽火台，一路却异常整洁。原来，为了让尼克松顺利参观长城，周恩来发动民众连夜扫雪。当尼克松爬到八达岭长城好汉坡时，不禁赞叹：“只有一个伟大的民族，才能造得出这样一座伟大的长城。”伟大的建筑只要与国家民族合为一体，国家民族便融于每一个人的内心，每一个人便融于国家民族之中，成为最强大而深沉的个体存在。此时的每一个人都是整个国家民族的，就像长城墙里的每一块沧桑的青砖。

这时的凤凰山，蜿蜒于祖国南边的家园里，雄伟的八达岭长城仿佛从四面八方抵达，衔接祖国所有的神经，包括罩塘，包括这里的十里荷香，都远远际会而来，拢起万里长城新的坐标。一个大国的脉络清晰遍布于960多万平方公里的土地上，从东到西、北到南，每一个烽火台端坐着的群山，都是它苍老的面孔和凝固的血泪。而长城，这端和那端，此处与彼处，历史和未来，合一而处。尽管时光流逝，沧海桑田，但长城依然留在这片土地上，在风雨中傲然挺立，照亮一个民族前行的路。

凤凰山苍苍，灵龟泉泱泱。一域之风，山高水长。走进静谧秀美的新归屯，走近神秘的灵龟泉，走入山泉水所打造的晶莹剔透的世界里，个人的情思都被淡化了，所有的崇高和意义在向晚的阳光里闪耀着光辉。所有的乡愁都在一口泉眼里，叫出动听的乡音，令人回味绵长，心境恬淡。让每一个匆匆的脚步，在这里留下深深的时光印记吧。

九寨沟的眼

万山之祖昆仑山从帕米尔高原发端，往东北是天山，往东南是喜马拉雅山，往东则是昆仑山主脉，并不断延绵，与祁连山和秦岭衔接，与喜马拉雅山向四川盆地过渡地带的岷山山脉南段尕尔纳峰北麓的九寨沟相会。几大山系接壤处，必是风云际会所。位于岷江上游阿坝州的九寨沟正处于这样的大山大脉聚际之所，芦苇海、双龙海、卧龙海、火花海、老虎海、犀牛海、熊猫海……108个五彩斑斓的海子就在这里横空出世，千百年来镶嵌于茫茫沟壑雪峰间，默默接受昆仑仙山的慷慨馈赠。

海子是九寨沟的眼，是九寨沟的灵魂。这些具有特殊意味的海子，大则上千亩，小则半亩，多是钙华堤埂蓄水而成的堰塞湖。但在藏族的神话里，每一个海子都有一个神奇美丽的传说，都蓄满了金银珠宝和琼浆玉液，只要对上那么一眼，就能沉醉千年万年。传说山神达戈爱恋着美丽的女神沃莫色莫，他用风云磨成一面宝镜献给心爱的人，而宝镜不慎跌落，碎为108块碎片，幻化作108个海子，成就了九寨沟最令人怦然心动的水景观。按现代科学考证，这种高山湖泊其实是地球构造运动的产物，当地壳发生急剧变化时，大地山川不平衡隆起，加上高山融雪和溪流泉涌的冲刷作用，形成了高山群湖。这种地壳运动，包括地震、泥石流、山体滑坡等，九寨沟曾因类似的地质灾害采取过临时性关闭修复措施。如今，这些海子清澈透明，幽静深邃，艳丽典雅，彼此以叠瀑相串，逶迤不绝，在青翠的群山环抱里，在原始森林的簇拥中，有层林尽染的倒影，有枯藤老树的沉淀，有各色枝叶的暗浮，有蓝天云霞的映衬，在钙华池底的光线折射下，呈现出缕缕魔幻般的色彩和光影。

《南坪县志》记载："羊峒番内，海峡长数里。水光浮翠，倒映林岚。"九寨沟旧称"南坪"，也有过"羊峒"的称谓。这些地名的变迁，多少都与水有关联。

据说，大禹就出生于川西九寨沟一带，曾在这里三过家门而不入。《蜀志》云："蜀之石泉，禹生之地。"《禹庙记》说："石泉之山曰石纽，大禹生焉。"《史记·六国年表》载："禹兴于西羌。"魏晋皇甫谧《帝王世纪》注解道："孟子曰，禹生石纽，西夷人也。传曰：禹出西羌，是也。"石泉、石纽究竟在何处？据文献史料载，唐贞观期间，唐王朝在今北川羌族自治县禹里镇设石泉县。汉代学者扬雄《蜀王本纪》有石纽位于“汶山郡广柔县”的记载。而广柔县就在现都江堰和汶川一带。如今，汶川县绵虒镇飞沙关的崖壁上，“石纽山”刻字犹存。九寨沟旅游环线内的石纽山、刳儿坪、飞沙关被认作大禹的出生地。今北川、汶川、都江堰、九寨沟等地仍保存着历史典籍中所记载的涂禹山、禹王宫、禹王庙、禹迹石纹、禹碑岭等众多遗迹，流行于汶川一带的花灯戏《大禹治水》唱词中的“耶格西”，即为大禹的羌族名字。典籍上的一系列记载，说明大禹治水时，包括九寨沟在内的四川西部诸县及周边少数民族地区已纳入中央王朝的版图。在之后的历史里，北周天和元年（566年），吐谷浑龙涸王莫昌曾在这里率众归附北周，置扶州总管府，九寨沟纳入羊峒番，属州府管辖。隋时，扶州迁至今九寨沟县南坪镇，因为多溪多水的缘故，扶州亦称“水扶州”，并依山傍水建城垣。清雍正三年（1725年），清政府设立松潘厅南坪营，另择城址于扶州之南的南坪坝，羊峒番归其治下。1953年，南坪县人民政府成立，九寨沟一带九个寨子一并划入南坪县，这与后来南坪县更名为九寨沟县多少有点渊源。

山川相缪，郁乎苍苍。这里，是长江水系嘉陵江的源头。九寨沟县境内目光所及，都是四周突兀而起的大山，阻隔了空间和视野。祁连山、秦岭与青藏高原向四川过渡地带在这里接壤，自西向东由高山峻岭和深山峡谷向亚热带丘陵布局，形成西高东低的地形。这些纵横交错的山系，像一片树叶上的网状叶脉，蓄藏着高山融雪和溪流泉涌形成的丰富水体，穿梭于森林和浅滩之间，聚蓄成池成海，溢满则跌宕成瀑，或钙华滩流，密密麻麻流成360多条溪河，在沟沟壑壑里跌跌宕宕，寻找出路，向着白河和白水江汇聚，注入了嘉陵江和长江，一路向东到海。

一条“丫”字形盘山公路，把这些水系以及一汪汪的海子连缀起来。“丫”字下支是九寨沟入口的荷叶寨，中点是诺日朗瀑布，这一段称“树正沟”；往左是则查洼沟，可直抵五彩池和长海；往右则是日则沟，珍珠滩、镜海、熊猫海都布局于此。

从漳扎镇荷叶寨出发，公路左边溪沟是一片长满芦苇的沼泽地，有清澈的山泉在芦苇间潜流着，突而流成溪河，突而遇坝成海，这就是芦苇海吧。芦苇丛中有一条叫玉带河的水带，蜿蜒空灵，相传是姑射仙子遗落人间的腰带。一路沿着芦苇荡而上，芦花随风轻舞，那柔软的絮潮浪涛般掀起，仿佛深山谷里还弥漫着她残留的芬芳。不，那一定是仙子披起衣裳，驾着云霞飘逸而去的背影。那背影里，有水鸟伴着飞翔，有清溪绕着滋养，有层林漾着青翠，有动人的传说烙在海的清影里。

紧接着是盆景滩。各式形状的小石墩上，长满各种颜色的花草树木，有清澈的溪流绕着它，轻轻打个照面后又向下游流去。就像小时候坐在老家的石板桥上，脚丫子垂到溪里，任凭岁月流水抚摸。这种贴心细腻的感觉，与身临海岛不同，海岛往往浸泡在一动不动的水里，永远感觉不到生生不息的气势和生命深处那种燃烧一样的律动。

移步数百米，又是一处胜景。路右边紧贴着树正寨，这是一个藏族寨子。古朴的木楼、飘舞的经幡、幽深的栈桥、神秘的磨坊，处处洋溢着浓烈的青稞文化气息。想想居住在这里的人们，面朝青翠的山林、如练的瀑水、蓝天般清澈的海，在每一个丰盈如水的日子里都心花怒放，怡然自得。这里属于川、陕、甘三省交界地带，历史上曾是军事重镇和南丝绸之路经过的地方，古时的扶州城（今四川九寨沟县）曾是入川驿站中西山道的重要驿站。进出大山的先民们，踏出了一条通往山外的便道，或倚着白水江和嘉陵江航船，进行互惠互利的茶马贸易。若遇烽火兵事，古道便多设了几道关卡，借雄关之固，御千里之敌，特别是在“蜀道难，难于上青天”的历史时期。如今，九寨沟还可以看到柴门关等关隘遗址。县志有云，柴门关“负山临河，势极险隘，峭壁镌‘秦蜀咽喉’四字。出关五里，即四川南坪界”。距柴门关200米处的石崖上，镌刻于清雍正九年（1731年）的“秦蜀交界”四个大字，如今仍清晰可辨。三国时蜀魏相争，诸葛亮曾借道这里取陇南、阴平（今甘肃文县西北）等地。宋时蒙兵西上，明兵南下，也过九寨沟。当地文士马忠有诗云：“内似川江外是秦，一夫据险万夫训。”可见九寨沟一带曾是入川咽喉，是历代兵家必争之地，曾演绎了多少烽火与苦难，也传递过文明与辉煌，在人类历史上留下了浓墨重彩的一笔。

乾坤莽莽，历史远去，干戈已化玉帛。眼前的树正瀑布活脱脱地映入眼帘。大凡瀑布，多悬空而落下，或依石壁像挂布一样直泻而下，落到山岩处便流走。树正瀑布与众不同，是斜靠着石壁而下，一挂挂石壁呈阶梯交错布局，上游的犀牛海和老虎海溢满后，清澈的湖水翻过坝埂凹陷处，冲过一道道高低错落的石壁，跌宕而成倾挂的叠瀑。别的瀑布都冲击奔腾，而树正瀑布却曲折委婉，潺潺而流，响声如琴，如瑟，如笙，如簧，如箸，好像有意展示娇美之姿和悦耳之音。顿时，珠雾弥漫的山间里，仿佛挂着一幅幅珠帘一样垂下的山水墨画，映着日光如五彩长虹，光彩夺目。

叠瀑之下接连着树正群海，铜镜般的水面色彩斑斓，以金黄色调为主的层林倒影其间，海天相接，山水相连。大自然在这里层次分明，从水底到山间再到雪峰之顶，色彩的饱和度被契合到了极致，山间的缤纷色彩在湖水的倒映下显得更加奇幻迷离，简直分不清哪里是水面，哪里是层林。10亩见方的海子，装下了整个季节的颜色。海水溢满后流入下方10多米远的卧龙海。透过清澈的水面，可以清晰看到一块条状龙形巨石横卧水底，石色土黄，如蛟龙欲出海。

卧龙海的下游10多米处是火花海，天高气爽，水面澄澈，映衬着漫山遍野绚丽多彩的层林，加上水底石质晶莹，五彩斑斓，天上白云飘，如梦似幻，像一个晶莹剔透的翡翠盘，满盛了金银珠宝。为何得名火花海？当地人告诉我，每当晨雾初散，晨曦初照时，因为阳光的折射作用，水面似有朵朵火花燃烧，星星点点，跳跃闪动。每当野花盛开，团团簇簇，姹紫嫣红，花上露珠，晶莹剔透，闪闪发光，与海中火花相映成趣，韵味无穷。

火花海之下二三十米处是双龙海，双龙海像两条幽蓝的长龙，相互依偎着，相濡以沫，不相忘于江湖。这就是天作之合吧。我看见很多男男女女，携着满心的愿望，面朝海子，双手合十，念念有词。有人说九寨沟是爱情的天堂，不知道说的是不是这样的情景。

细碎的水声渐渐消失，海的源头不知归隐何处。只见罗列在路边的一汪汪海子，蓝天一样纯净的水面，碧绿晶莹的溪水宛若项链般穿插其间。偶尔也能看到野鸭成群，天鹅闲游，鸳鸯嬉戏，一番世外桃源景象。

拐过几处陡坡和弯道，疑是前头已无路，却豁然开朗，水声响彻山谷，恰似万斛珍珠落玉盘，上百条瀑水从山石间呈多级下跌，水帘飞出，直泻百尺山崖，似白练倒挂，漱珠溅玉；如天女散花，神仙踩鼓，擂响战鼓，轰然有声；又像洁白的哈达迎宾而来，浩浩荡荡，蔚为壮观。这就是壮美的诺日朗瀑布，海拔2343米，宽320米，高24.5米，是我国最宽的高山钙华瀑布。在这个世界上，好像有水的地方就有故事，而故事大多与恶魔或爱情有关。诺日朗瀑布也是如此。“诺日朗”为藏语音译，有雄伟壮观的意思。传说中这里先前并没有瀑布，只是一处纺织台，藏族姑娘若依果从中原学会了纺织，将纺车架到这里，布上纺线，让姐妹们观摩学习。头人罗扎以为这是歪门邪道，一脚把若依果和纺车踢下山崖。此时风雨大作，山洪暴发，将罗扎冲下悬崖，纺织台就成了今天的瀑布。此时此刻，站在观景台上，眼前云雨空蒙，汩汩流水自诺日朗群海而来，从瀑顶绝壁凹石倾泻而出，汹涌急流，奔腾不息，像飞电迅雷，像兵甲排山倒海，又如一幕幕波澜壮阔的画卷。瀑水飞泻撞击之声，如滚石，如破竹，如击鼓，如打磬奏镈，如雷霆万钧，交响合奏，惊心动魄。飞流溅沫，水洒亭台，如雨如雪珠。观景台与石壁，被飞瀑冲击，似乎要裂开倒落，难以支撑。又如口渴飞龙，见水赶快飞下，竭尽全力飞向不测的深渊。而瀑底水潭中，更如怪物与飞龙格斗，咬山吞石，势均力敌，真是雄奇壮美。其实在九寨沟，像这样的瀑布，共有17处，每一处都美不胜收。

一处纺织台，一段壮观的瀑布，蓄积了一个民族多少辛酸的过往，流传着中华大地各民族交往交流交融的神奇传说，寄托着一个民族多少美好的期待。

岁月悠悠，历史的车轮滚滚向前。朝着“丫”字形上端左支的道路，继续拨开云雾，穿越沟谷，那些若隐若现的绝美风景，正牵引着我们向前出发。

几番盘旋，驶入海拔更高的沟谷——则查洼沟，大路边下季节海、上季节海依次呈现，一汪汪清澈的海子映入眼帘，湛蓝的水面在四周围青翠的石山映衬下显得格外纯净。由于海底有各种色素的矿物质和枯枝败叶等沉积物，加上水藻等植物，经过光的折射，变幻出迷人的色彩，成为名副其实的彩色湖，宛如一块块碧玉静静地安放在这童话般的仙境里。

走上步道，穿过一片赤桦、红松、云杉等树组成的混交林，一汪五彩斑斓的池子赫然入目，这就是著名的五彩池。它是九寨沟最小的海子，像一颗玛瑙，玲珑剔透，散发着幽蓝幽蓝的光；像一颗翡翠，流光溢彩，呈现着碧蓝、橙红、天蓝、橄榄绿的色彩；像一滴丰盈的水，池底万物静静滋长，争奇斗艳，阳光下光影斑驳；像内心深处无以名状的幸福与悲伤，比如惊喜的浅黄，豁达的天蓝，悲情的暗红，无瑕的白，神秘的紫，亮出了生活多姿多彩的底片，都是人生最美的风景；又像个孩子，在大地的掌上，携梦入眠，我甚至可以听见他跳动的脉搏，平缓的气息，他梦幻般的童话世界，都是幸福最真的模样。甚至那四季里，那永远不会冻冰的一池寒水，那藏不住纹络的水底石头，那水下的水绵、轮藻、小蕨，那轻轻踮着脚尖探出水面的芦苇草、节节草、水灯芯，都在一滴水里，静静地呼吸，那一定是岁月里最静好的时光。

离开五彩池，往下走不足1公里，是长海。那是九寨沟最长的一个海子，长约5公里，呈长蛇形分布在山间。墨蓝色的水面，映着巍巍雪峰和叠翠山峦，一到下雪天便披上白皑皑的盔甲，寒气逼人，壮观奇丽。高山融雪使长海获得源源不断的补给，可奇怪的是，长海没有出水口，但也从不干涸，不溢堤，水都到哪里去了？其实，它是依靠蒸发和地下暗河把水排出去的，而这些水恰是其他海子的重要补给，因此长海又有“母亲海”之称。

从长海折返，到诺日朗瀑布，往“丫”字形右支日则沟走去，踩着石板路，穿过一片溪流纵横的水滩，行走在《西游记》片尾曲中师徒四人走过的瀑坝上，别有一番风情。

这便是珍珠滩和珍珠滩瀑布。珍珠滩因其断崖处有较大的倾角，瀑水在钙华石滩上放缓了流速，当薄薄的水层从有密集窝状的乳白色钙华表面流淌时，在阳光照射下仿佛有无数珍珠在飞溅，闪烁着琉璃般的光芒：白色的如白石英，青色的如青莲花，绿色的如翠玉，红色的如红绵帛，紫色的如紫磨金，而且变幻万千,十分神奇。有人说，这是五彩瀑布，难得一见。难道是山灵显神，对我们特别优待？我们且惊且喜，忘乎所以，不知用手机拍下了多少张照片。传说很久以前，有位藏家小伙子把一串祖传的珍珠项链送给了他心爱的仙女，仙女以开山斧回赠，希望通过它的功力使心爱的人能同自己一样长生不老，永结同心。天庭知道后非常害怕，于是派兵缉拿仙女，搏斗中仙女的项链被扯断，珍珠散落一地，幻化为珍珠滩。珍珠滩以及整个九寨沟的瀑布和湖泊，形成于200万年前的第四纪古冰川时期。剧烈变化的气候，昼夜悬殊的温差，频繁升降的地壳，频繁进退的冰川，致使冰川推动的冰碛物在上下游间堆积成多处坝体，到最后一次冰期，地球转暖、冰川消融，坝与坝之间就形成了冰碛湖，坝体断崖处则形成了瀑布。九寨沟的水富含碳酸钙，极易附着于障碍物，凡水过处都布满乳白色的碳酸钙结晶体。有些流水由雪峰融雪而形成，经过梯状湖泊层层过滤，水质更加清澈透明。由冰碛物构成的湖坝透水性极差，益于土壤蓄水，有利于植被的覆盖和滋长。这种种机缘造就了九寨沟山光水色的变幻莫测，使人可常常看到原始味道的山光湖景，有时姹紫嫣红，有时青翠欲滴，有时五彩斑斓，总是那么的妩媚多姿，仿佛置身于童话般的世外天地。

瀑布之上的空谷里是一处狭长形、长约1公里的水域，水平如镜，称为“镜海”。从公路边向镜海望去，对岸白崖山壁，雄立千仞，像一道巨大的石屏风。右侧是镜海的下游，毗邻诺日朗群海。左侧是镜海上游，与山谷衔接。在层林的围护下，镜海神奇剔透，五彩缤纷。水中映着山，山外围着水。蓝天、白云、远山、近树，尽纳海底，蓝色、金色、绿色互相映衬着，层次分明，色泽艳丽。晴朗时，水面光滑如镜，景物毫不失真地倒映水中；夏日里，细雨迷蒙，水面微绉，水波粼粼，唯独一条若隐若现的白色水带平滑光亮，不见雨儿打点，让人恍惚迷离；海中半浮半沉着不少巨树，枝枝丫丫，清晰可辨。由于水中特有矿物质的成分和九寨沟独特的气候环境，这些长期浸泡在水中的巨树，不腐不烂，有些甚至嬗变为玉化树，永恒于天地间。

围绕这些巨树和原始森林的存留，曾有过一段不小的博弈。20世纪六七十年代，三线建设时期，偏僻的九寨沟也毫不例外地卷入了这场轰轰烈烈的开发和建设中，沟内设置了两个林场，一些原始林木遭到砍伐和破坏。这些活动惹恼了当地居民，因为在他们的朴素意识里，一草一木、山山水水都是上苍派来滋养人类的神灵，是不容侵犯的。他们情绪激动，冲进林场，阻止伐木工人砍伐树木。在那个物资极度匮乏的年代，木材是各项建设的重要物资，几经协调，部分山林勉强保留了下来，但大规模的采伐还是没有停止。20世纪70年代，四川境内大熊猫赖以生存的箭竹大面积开花，导致100多只熊猫被活活饿死，世人为此震动。于是，原始森林留下来了，九寨沟成为中国第一个以保护自然风景为主要目的的自然保护区，并被列入了世界自然遗产保护名录。我们今天见到的浸泡于水中的巨树，是当时一些已经被砍下来的古木，由于没有得到及时处理，于是就遗留在湖里，成为如今的玉化树，永远陪伴着滋养过它的山山水水。

苏东坡《前赤壁赋》云："天地之间，物各有主。苟非吾之所有，虽一毫而莫取。"漫步在九寨沟中，耳朵听着它淙淙的泉流声和雷鸣般的瀑布声，眼睛赏着它斑斓的海子和尽染的层林，心灵得到舒展，精神得到愉悦，该知足矣。这是造物主赐予的宝藏，众人齐享。所以，及时制止砍伐，在九寨沟建起自然保护区，可谓感恩、敬畏自然之大善举！

镜海往上不远，是熊猫海、熊猫海瀑布和更广袤的原始森林。那里是大熊猫出没的地方，更有白唇鹿、扭角羚、毛冠鹿、金猫等珍稀动物频繁活动、繁衍栖息。远远望去，雪峰林立，高耸云天，终年白雪皑皑，融雪后形成的溪水流萤般穿插于森林与浅滩之间，或聚际于碧绿晶莹的湖泊，或溅飞成宏伟的瀑布，令人目不暇接。每一处地方，都是动物的乐园，童话的世界，人间的仙境。

江山多娇，江山如画。方圆650余平方公里的九寨沟，仅其中三寨三沟，100余里海与瀑，都如此惊奇震撼，让人如痴如醉。走出九寨的一刹那，一股清泉浇灌着干枯的心田，久违的诗意也在这瞬间被突然点醒，并一幕幕深烙脑海，回味绵长。“九寨归来不看水”的情愫开始左右着每一天的脚步。此后经年，更加珍爱生命里每一处清澈的泉涌吧，更加珍惜每一个如水般丰盈的日子吧。

不负九寨，不负昆仑。

海井微澜

北海市营盘镇黄稍村啄罗口的海滩上，有一口日夜喷涌的地下泉井，其名曰“海泉井”。

海泉井就在一片清幽而软绵绵的沙滩上，条石与青砖嵌着黏土浆，围成约1米见方的圆井，时光在其间留下斑驳的影子，可以明显看见井底有两处碗口大的泉水日夜奔涌，泉水涌出的强大动力可以把井底附近的海沙吹动起来。水深约1米，能看到有小鱼在水中游动。涨潮时，地下的泉水会从这口泉眼不断涌出海面。任凭海水如何遮掩泉井，泉水都始终保持着奔涌的姿态和纯净清甜的味道。海南省儋州市西也有一眼海泉，平时是淡水泉，涨潮时泉水变成咸味，退潮后咸味顿失，又恢复了常态，淡淡的泉水甘甜爽口。

早在20世纪80年代，黄稍村用水主要靠海泉井。每当海水退潮，村民们都挑着水桶，到井边排队取水。至于海泉井是何时形成，如何形成，已无人知晓。在海边，淡水显得相当宝贵，因此这里也是渔民的临时落脚点。多少年来，每到退潮后，渔民们就从船上下来，满盛海泉井的水，带回船上，美美地洗个泉水浴，然后再将一个个下海捕捞用的水箱盛满水，等待潮涨时再远航。

泉井这些被海水包抄，又被海浪冲洗得光滑坚固的砖石，不知见证了多少人的启航和归程。

踩着软绵绵的细沙，紧靠着海泉，可以看到很远的地方。辽阔的大海在蔚蓝的天空下，在视线里虽然只有方圆数里风景，却足以让人在尘世的繁杂中作半天的清游。

海边沙滩里或大海岛礁上的淡水泉涌，在我国南海也早有发现。位于西沙永兴岛西南约50海里（1海里=1852米）的甘泉岛，是一个呈椭圆形的小岛，面积约0.3平方公里，中间低平，周围环绕着珊瑚礁。据考古资料，岛上除了有战国、秦汉以来到清朝时期的一些文物，还有两口全部用红砖砌成的明代古泉井。有史料记载，1909年，广东水师提督李准巡海时发现此岛中部有淡水井两口，其水甘甜，可直接饮用，即称："已得淡水，食之甚甘，掘地不过丈余耳。余尝之，果甚甘美，即以名甘泉岛，勒石竖桅，挂旗为纪念焉。"1974年和1975年的两次考古调查中，人们曾在岛上发现了唐、宋两代的居住遗址，还有砖墙小庙1座、珊瑚石垒小庙13座。由此可推断：最早利用岛上淡水的可能是唐代先民，使用这些器物的主人也是西沙群岛最早的居民，他们或许就是粤桂迁去的移民。

有人说，甘泉岛是西沙群岛唯一有淡水的岛屿，其实不然。在浩瀚如天宇的南海中，永暑礁、马欢岛等岛礁也有淡水。马欢岛西距太平岛约150公里，发育在一个长约1.5公里，宽约1公里，面积约1.2平方公里的椭圆形礁盘上，是南沙群岛的第八大岛屿。和南海许多岛礁的名字一样，如太平岛、中业岛、永兴岛、郑和群礁等，都具有特殊的意义。马欢岛就是以明代航海家马欢之名命名的，他是随郑和下西洋的航海家、翻译官，浙江会稽（今绍兴）人，精通波斯语、阿拉伯语，三次担任翻译官。马欢随郑和下西洋时，将20多个国家的航路、海潮、地理、政治、人文、语言、气候、商业和野生动植物等方面的状况记录成文，后著成《瀛涯胜览》一书，成为研究郑和下西洋不可或缺的原始文献。马欢岛被沙堤围绕，土壤肥沃，杂草丛生，拥有淡水资源，向下挖沙60多厘米即可得到淡水，水质优良，可直接饮用，所以海鸟和海龟多选择在此栖息。马欢岛地理位置险要，自古就是我国渔民捕鱼休息之地。渔民常以马欢岛为中转点，进行淡水补给。马欢岛东距礼乐滩仅30多公里，礼乐滩海域是我国南海油气富集区之一，但无一座岛礁露出水面，开发建设相对困难，而马欢岛同处该海域，且拥有淡水，便于船舶停靠，其价值不可估量。

再说说永暑礁，其地下也蓄藏着可饮用的淡水。永暑礁距离我国大陆约1389公里，是南沙群岛的第三大岛。长期以来，永暑礁和南海很多岛礁一样，驻军生活保障都靠远距离运输，而且代价巨大。为此，军方派遣了一支技术专家队伍前往永暑礁，在27个探测点位进行钻探勘测，其中11个点位发现有可饮用的地下水。生活用水解决了，种养问题也解决了，生活物资保障水平也上了一个档次。

北海黄稍村地处屋背山一带，海泉之水应源于大山积水，而茫茫大海之中的甘泉井、永暑礁地下水的清澈水源从哪里来呢？我们知道，地表雨水等通过地下含水层或含水通道，在适宜的地形地质条件下，呈点状在更低水平面的地表出水口涌出，就形成了泉流。而甘泉岛距离海南岛等大陆岸达300多公里，周围群岛面积也极小，可供接纳并储蓄雨水等天然淡水的地表接触面有限，难道海底下还有淡水通道与海南岛这样的大陆架相连接？

泉乃天赐之物、地藏之源，必珍之，护之，爱之。过去，海泉井周围的村落都打了很多水井，日常用水有了着落。三沙设市前，永兴岛也有地下水井30口。设市后，生态保护得到强化，地下水停止了开采，改换雨水收集、中水回用、海水淡化和岛外补给的方式解决用水问题。南海诸岛大多为珊瑚礁，一般没有可供饮用的地表淡水，只有雨水通过地面珊瑚碎屑、沙砾渗入地下形成的淡水水体。下雨时，雨水渗入地下，长期蓄积，把海水往外面挤压，形成了稳定的淡水区。淡水比海水的密度小，漂浮于海水之上。淡水水体中央厚，边缘薄，宛如透镜体形状存在，由海水和淡水的密度差异形成了地下淡水体，对岛屿的植被生长很有益处。只要天上有来水，地下的淡水资源就不会枯竭。但如果岛上淡水开采量过大，会导致海水倒灌式浸入淡水体，破坏岛上的植被，后患无穷。

海泉井和甘泉岛等岛礁的泉水味道鲜润而清爽，天热时，取之煲粥，不易变馊；取之煲海鲜汤，怎一个“鲜”字了得？到附近村里做客，免不了喝海泉水泡的茶。海泉水富含矿物质，味道甘甜，营养丰富，泡出的茶水汤色明亮，香气高爽，滋味鲜醇。酣饮一大碗茶香四溢的泉水茶，唇齿间和内心激荡着大海一样的情怀。

南海诸岛礁和祖国广袤边疆，一汪清澈的泉井，一块残砖断瓦，一棵斑驳的巨树，像撒落在大地上的一颗颗明珠，见证了一个民族共同开拓的疆域、共同书写的历史、共同创造的文化、共同培育的精神，是一个崛起的大国不容置疑的清晰脉络和轮廓。

驾鹤访古

早就听闻柳州有井，很奇特。泉井上有桥，桥上又有桥，我想那一定是一个让人的心境能够得到给养的地方。于是三月的一天晌午，我邀约几位文友，沿着柳江右岸往东漫步。这一带郁郁葱葱，到了江滨公园临江处的驾鹤山下，只见幽蓝幽蓝的一潭水，有泉流从潭底翻涌盘旋，在水面形成水圈圈，然后四下散开漫去，与柳江之水并肩东流，显得格外温馨。潭中有石桥相通，但半淹水中，泉流在其间悠然流淌，让人如浴洁净之水。

这就是响水泉。据同行文友介绍，泉水原本从潭底石崖下奔涌而出，跌宕起伏，如飞珠滚玉一般，发出很响亮的声音，故名“响水泉”。出水口围砌着古老的方石，积流成潭井，深数丈余，溢满后流入柳江。柳江下游的红花水电站于2006年建成蓄水后，水位升高了，潭上的小石桥也被淹没了，但桥两边的护墩仍探出水面，像是“犹抱琵琶半遮面”。虚虚实实之间，站在江边东西走向的石拱桥上，溢满的井泉之水从桥下缓缓流入柳江，井潭边上古榕树下光影斑驳的水面上，有我们站在小石桥上的身影。

响水泉大旱不枯，大涝不溢，在自来水未入百姓家之前，城中饮水都从这里汲取。泉井一侧，赫然立着石刻牌子，方形光面大理石上刻着“赵家井”三字。响水泉何以姓赵，何时姓赵，着实让人捉摸不透。大地草木泉潭，乃造物主所赐，当万物共享，何时被某某家据为己有？但庆幸的是，响水泉现在已经回归了自然，可供自由赏玩了。

关于响水泉的前世今生，各种典籍记载的不少。据传民国期间，当地百姓多称驾鹤山为照壁山，“照壁”之下正是一片大水塘，与古人以水为镜的心志相合，而水塘附近的田地全靠这水塘里的水浇灌，这里的水潴积地下，又从地面冒出，形成了泉井。后传有一赵姓财主发现这井可生财，就勾结地方官，霸占此井修水碾收取费用，并筑墙围圈独享，不料犯了众怒，多次被人乘夜拆毁，财主只好作罢。我想这可能是有人故意为之，让赵姓人家无端背负千古骂名。且看成书于清乾隆二十九年（1764年）的《马平县志》记载：“赵家井在水南中寨，春时江水涨发，浊不可饮。汲而食之，味稍清冽。”又云：“响水泉在水南江岸，水味甘美。”这可能是关于赵家井和响水泉最早的记载，至少说明250多年前赵家井和响水泉这两个名称就一直存在。从隋开皇十一年（591年）至民国二十年（1931年），中央一直置马平县，所辖范围在现今的柳州城区内，故《马平县志》之后的多次重版，曾以《柳州县志》《柳州府志》等作为文献名。

响水泉的名气，与我们正登临的驾鹤山有很大关联。驾鹤山不大，东西长200多米，垂直高度不足100米，但在柳州各种名胜典籍里都有它浓墨重彩的一笔。乾隆《马平县志》云“驾鹤山在城东南，耸立如孤鹤临大江”，山因形似鹤立江边饮水而得名。唐代柳宗元在《柳州山水近治可游者记》云:“又南且西，曰‘驾鹤山’，壮耸环立，古州治负焉。有泉在坎下，恒盈而不流。”明代大旅行家徐霞客也曾到驾鹤山一游，在《徐霞客游记》中称之为“屏风山”，说的是山像一道屏风立在柳江边吧。明代广东布政使方滋写的《小桃源赋》提及驾鹤山，“其麓桃花万树，池水千寻”。这里，清泉与名山遇合，正是山明水秀之合。山庇护着水，水滋养着山，就有了深幽微澜的响水泉潭，就有了如水欲滴的花草和绿树，也就有了“山清水秀地干净”的柳州。

离开泉井，沿着江边往山顶拾级而上，路边石灰岩崖壁形态各异，周围古木参天。临江的驾鹤山一面，山势陡峭，险峻巍峨，白苍苍的崖壁上尚存宋代以来诸多摩崖石刻，王安中题刻的“驾鹤书院”四字特别清晰。我想起这山还有一个名号叫半山，乃谐音“半仙”，喻为仙鹤仙家之所，也源于民国时半山腰上的半山酒家和半山洞天旅馆，好在这些如今都已经返还自然了。走过不足百米的山道，很快就置身峰顶了。极目四望，山风朔朔，如驾鹤凌空览胜，城中楼宇林立，万户尽在眼前，不远处峰峦叠嶂，百里柳江烟波浩渺，令人神清气爽。

此刻，柳州山川并茂，柳江迎面而来。如若仙鹤不拘一格降神翅，捎我直上青云去，一定可以看到九万大山、天平山像万千条巨龙自西北绵延而下，与东面而来的大桥岭、大瑶山，聚拢形成柳州盆地这一藏风蓄气之所。包括驾鹤山在内的马鞍山、鱼峰山、桐油山、孔雀山、雷山、猴山、牛角山、鹅山、箭盘山、文笔峰、蟠龙山、九头山、猫公山、竹高山、雀儿山、马鹿山、龙壁山、姑娘山等山峰，像狮，像虎，像鹤，更像铆钉定向的坐标，点缀城中各处，构成一幅山水田园画卷。柳州也是多水汇聚之所。东有洛清江，北有从云贵高原远远奔来的龙江和融江，都在这里汇入柳江，成就了柳江及其开阔的万顷流域。特别是柳江先自北向南绕过柳北半岛，接着向东北绕行，最后往东南流去，使江水呈壶状绕过柳北半岛。这种“三江四合，抱城如壶”的地形，造就了柳州“壶城”的雅号。

站在驾鹤山顶环顾四周，这一带确实美极了，峰峦叠嶂，碧水如镜，青山浮着水，倒影连着山，两岸胜景犹如仙境画廊，尽收眼底。柳江在柳州这里发端后，携着壮族的歌、瑶族的舞、苗族的节和侗族的楼，到象州县石龙镇与红水河相汇，形成黔江，飞渡大藤峡，穿过桂中这广西最肥美的土地，直至东流到海，就像柳州的上汽通用五菱、东风柳汽、柳工等龙头企业制造的产品一样，流向世界各地，形成了南方这座工业之城的“四梁八柱”。如果说柳州是一面铜鼓，那么柳江就是环绕它腰间的一条斑斓壮锦彩带，每一处山山岭岭，每一眼大地流泉，每一样柳州制造的产品，都是它身上壮美靓丽的图腾和史诗，蓄积了多民族的辛勤智慧和汗水。

俯瞰山下江畔，响水泉只是镶嵌在这条壮锦彩带上的一颗绿珠，与柳江交换了个眼色，验明了身份，便匆匆加入东流到海的行列，助力它所在的城池，行稳致远。

是的，一滴水流入大海，积小流以成江海，这就是柳州的品格和气派。

位于桂中北部的柳州，工业基因源远流长，20世纪五六十年代，上海等东部地区的工业企业像山川聚拢而来一样，源源不断内迁，大量的产业和技术人员为柳州的现代工业带来了升级基础，柳州正如海纳百川一样迅速成长为西南地区罕见的工业大市。我们熟悉的湘桂铁路、黔桂铁路、焦柳铁路也在这里交会，形成了铁路十字架构，进而成立了柳州铁路局这个唯一不在省会的大铁路局。工业制造加上铁路快速发送产品，一时间百业兴旺，在一些人眼里，柳州“什么都造，什么都赚钱”。国之重器如射电望远镜的某个部件有需要，柳州立时参加生产。新冠疫情来了，柳州立马布局了生产线，口罩、酒精等防疫物资源源不断送往全国各地。柳州螺蛳粉也一样，在这里注入了“工业化”的精髓，融合着壮、汉、瑶、苗、侗等多民族传统饮食文化，得到了创新提质，2021年全球寄递量就突破了1亿件，全产业链销售收入突破500亿元，成为各民族共同喜爱的精品食粮。

柳州这座充满工业基因的城市虽然已老，但老当益壮，老得炉火纯青，老得成熟丰满。正如响水泉奔涌不竭，柳江东流不逝，在大江大海生生横流，彰显永不衰竭的本色。万涓如此，汇流成水成河。晋代陶渊明《归去来兮辞》云：“泉涓涓而始流。”在现代地质科学体系里，雨水等通过大山大脉的蓄藏，在大地腹底形成水层或含水通道，当找到合适的排泄出口时，即露头涌出地表，形成泉涌。响水泉也一样，只是九万大山、大瑶山等山系积藏着的丰富水体在驾鹤山下的一个合适出水口，尽管流量不大，但却为柳州这座老城增添了几许灵动的气息。

响水泉和驾鹤山，曾是柳州历代文人雅集之所。不留身名远，驾鹤乘风去，经常被视为文人的风骨，于是驾鹤山被赋予了绵绵禅意。志书载，这山上曾建有三相亭、小桃源和驾鹤书院。南宋绍兴初年，吴敏、王安中、王伯彦三位丞相先后被贬官外放，途中相遇柳州，寓居在柳江南岸的水南僧寺，常相互邀约到驾鹤山游玩，闲暇之余在山下开辟园林，种桃近百棵，号称“小桃源”。三人还倚着山势，出资创建驾鹤书院，修建三相亭，意为三位被贬外放的丞相，暗含不满和自嘲。只可惜800多年前的古亭早已损毁，现在看到的三相亭是仿古建筑，包括驾鹤书院也是如此。值得一提的是，驾鹤书院与玉林市容县勾漏书院是广西较早的书院，鼎盛千年，名噪八桂，是古时观书论诗的重要场所，在广西书院史、教育史、文化史上享有极高地位。坊间传言，清咸丰年间居住在响水泉井附近的赵姓、阚姓人家，欲为古井和街中社庙更名，约定谁家孩子在乡试中中举，古井就由谁家做主命名，后来赵家高中武举，自此响水泉就易名赵家井。有人说这是赵家井之名的由来，但清咸丰之前，乾隆《马平县志》已有“赵家井”的记载，因此赵、阚两家之争的传言只能说明响水泉和驾鹤山在柳州科举特别是文化上的重要地位和影响力。

志书提及的三相亭、小桃源和驾鹤书院等胜迹，多次损毁，又多次重修，并不断增加建设内容。到南宋淳熙年间，赵师邈到任柳州知州，在几位老僧人的带路下，赏玩驾鹤山，发现三相亭、小桃源和驾鹤书院等胜迹已严重损毁，只有王安中的“驾鹤书院”摩崖题刻仍清晰可辨。熏陶于其间浓郁的文化气息，赵知州命人重修三相亭，并在亭旁摩崖上镌刻《三相亭碑记》：

> 龙城自有唐名贤出镇，维今数百年。绍兴初，三丞相暂驻于水南僧寺，闲居暇日，相与游访林石佳处。因观岩石屏立，上有空洞数处，遂创茅亭二所，曰“驾鹤书院”，曰“三相亭”。时携筇挈榼，观书论诗，款洽终日不倦，因此遂成胜迹，题曰“小桃源”。岁月既深，二亭名存耳，况其所乃熊氏之地。自是厥后，来守此邦者，各以郡计窘迫，无暇寻访名贤古迹。予到官十月，因城池修葺了毕，访水南报恩寺，观初寮（王安中字也）小摩崖石刻。得僧谈及小桃源名迹，遂访寻焉。见其藤萝交结弥蔓，芟薙之，始见石刻，乃偕教官二幕及佥厅观之，相与商订，欲仍旧贯，作茅亭，无支费公帑。佥曰：“宜之。”遂仍初制。亭成，招同列为款，甚得山水佳趣。自此公余暇日，时一至也。时嘉泰癸亥仲春日题。

碑记历尽千年，至今尚清晰，实属幸甚。其中“龙城”二字，柳州所号，看来远古已有，应为柳江如龙行天下穿城而过得名。至于驾鹤书院、三相亭、小桃源等胜景盛况，只能慨叹“岁月既深”，只存名称而已。

又过了约300年，广东布政使方溢游历驾鹤山，也没能见到小桃源等胜迹，只能哀叹“嗟时世之艰难，愧身名之寥落”。在他的倡导下，地方官府对小桃源进行了大规模整修，这些都详细记录在方溢的《小桃源赋》里。21世纪以来，柳州根据《小桃源赋》等记载重建了小桃源，驾鹤书院、三相亭、文广洞、南评宫、桃源沐春、驾鹤仙踪、晴岚鑫钟等20余处旧时景致一应俱全，让这些散落在历史时光里的珍贵记忆与时俱进地回归了新时代。关于驾鹤山、响水泉、小桃源的历史，也都记在“晴岚鑫钟”的铭文里。此钟目前挂于山顶的临风阁内，以铜铸就，重达1吨有余，堪称“广西第一钟”。据说取名“鑫钟”是谐音“新钟”，也从“鑫”取兴盛之意。其实“晴岚鑫钟”乃柳州古八景之一，岂能任由望文生义。我想是因为晴天时，在暖阳的映照下，江泉水面氤氲着雾一样的气息，弥漫到山间竹木亭榭，远望宛若云霞空蒙，景色格外苍茫，加上泉涌响声如钟似鼓，故名“晴岚鑫钟”。这些都是循着古人的足迹所得，不负这次清雅的游赏啊。

没过多久，夕阳衔山，树影落地，晚风拂来，震撼幽深竹林，猎猎如秋声。种桃丞相不知何处去，但见桃花、紫荆花并排开。江边泉上深林里，翻修一新的驾鹤书院敞开着门扉，暖黄的墙板如古老的书签默然无声，仿古的砖瓦依着竹木桃林高低掩映，暗香浮动里，鸟语一二，仿佛有书声琅琅萦绕。

突然间，想起清同治年间的一位贤良。时任柳州知府的孙寿祺，也曾带亲友到驾鹤山一游，在泉井边小店煮酒小酌，雅谈赋诗，微醺而怡然自乐。而后作《登驾鹤山得诗四首》，其一云："提壶挈榼来，山下有人等。彳亍下层崖，聊复憩幽静。指点小柴扉，前有赵家井。主人不可招，老妪相接引。矮屋坐团团，清泉佐酒饮。一醉相扶归，夕阳乱人影。"诗句描述的画面生动形象，我仿佛看到了孙寿祺先生就在眼前。

史书上说孙寿祺为官清正，政绩颇丰，甚得民心，离任时有人赠诗曰："公到柳州公独穷，公去柳州民无宗。柳真累公公爱柳，公不弃柳柳负公。"

"不解于位，民之攸塈。"这是《诗经》上的一句话，说的是做官的勤政，关系到人民的休养生息。孙寿祺等先贤官清如泉，恪守底线，为后人敬仰。看看那世上行走的一些人，如能常临响水泉"见泉思廉"，一些人为的不堪和灾祸或许可以避免。瞧一瞧那一井清幽的泉潭，如一颗万年翡翠般镶嵌于柳江之滨，清澈的泉流如警钟长鸣般地持续奔涌。在江岸奇石和古榕掩映下，它显得超凡脱俗，宛若仙境。在传统与时潮之间，陶冶情操，洗涤心灵，该是人生最惬意的境界。

罗池有月

柳侯祠东面有一眼池塘叫罗池。清代顾祖禹《读史方舆纪要·广西四·柳州府》中的“罗池，在府城东，水可溉田，有罗池庙，即柳宗元祠也”，赵翼《和立崖游虎丘》中的“罗池，志庙文，孟亭画壁影，故事倘可循，私心窃有请”，说的都是这个地方。柳侯祠往东不足百米，就到罗池，方形砖石围砌成椭圆水面，幽蓝而古朴，平静如镜，天光云影，像山水油画栩栩如生，意境神奇而幽远。要是夜晚，月光静泻而下，闻着百年桂花林飘来的缕缕馨香，一汪池水如银光落刃，境界冷峻，空灵清雅，这就是柳州八景中的“罗池夜月”了。白天，沿着池边观赏，只见碧绿的水草在橙色的水中随着小蝌蚪等水中生物轻轻摇曳，鱼儿在水底游来游去，悠闲自在。

早在唐代，罗池已有名气。唐朝钟辂《定鉴前录·罗池》云“龙城北，罗池胜地也”，说的是它的盛名。明代李西涯《罗池书屋记》称，古罗池“广袤可数里，澄波渟蓄，准平而鉴照其外”。当月亮升至东台山上空时，倒映在广阔的罗池水面，月色清寒，境界空灵，于池边柳树下观赏水天皓月，乃成为绝美景致。无月之夜，其势如阎兴邦《寓柳先生词》所云的“墓旁不见罗池月，惟有萧萧衰草声”；有月之夜，如王臣《柳州怀古感时》所云“古庙千年栖夜月，山城一带锁寒云”，景色都格外奇特。“罗池夜月”美景也由此逐渐定型，并发展成为《辞源》中的条目。宋徽宗追封柳宗元为“文惠侯”。明景泰三年（1452年）重修了罗池庙，但明崇祯十年(1637年)，徐霞客慕名寻访“罗池夜月”时，“此景已久湮灭，不可见矣”，只余数亩清涟供游客凭吊，令人痛惜。《徐霞客游记》对此有详细描述。据志书记载，罗池上曾有石桥，名曰“新月桥”，也已失芳踪。之后一直到清末宣统年间，柳州人赵屏藩和后来的知府杨道霖先后重建罗池，修葺柳侯祠，植树栽花，以柳侯祠为中心，建成了最早的柳侯公园。

先前，罗池也只是一泓野水。唐元和十年（815年），柳宗元被贬到柳州任刺史，因政治失意，又贫病交加，唐元和十四年（819年）病逝于柳州。柳宗元生前深爱罗池，常与地方文友到罗池边散步、赏月、吟诗。据说柳宗元死后三年，托梦生前部将：“馆我于罗池。”于是，后人在罗池旁修建了罗池庙（后改名柳侯祠）和柳侯衣冠墓。作为柳宗元政坛挚友、同为中唐古文运动统帅和主将的韩愈，在《柳州罗池庙碑》中对这段历史进行了详加描述："柳侯为州，不鄙夷其民，动以礼法，三年，民各自矜奋……凡令之期，民劝趋之，无有后先，必以其时。于是民业有经，公无负租，流逋四归，乐生兴事；宅有新屋，步有新船，池园洁修，猪牛鸭鸡，肥大蕃息；子严父诏，妇顺夫指，嫁娶葬送，各有条法；出相弟长，入相慈孝。"他称赞柳宗元开荒建设、开凿水井、废除奴役等实政，认为柳宗元生能泽其民，死能变为神，"尝与其部将魏感、谢宁、欧阳翼饮酒驿亭，谓曰：'吾弃于时，而寄于此，与若等好也。明年吾将死，死而为神，后三年，为庙祀我。'及期而死。三年孟秋辛卯，侯降于州之后堂，欧阳翼等见而拜之。其夕，梦翼而告曰：'馆我于罗池。'其月景辰庙成，大祭。过客李仪醉酒，慢侮堂上，得疾，扶出庙门即死"。韩愈在文章中进一步渲染了其中的神秘色彩，认为柳宗元"生能泽其民，死能惊动福祸之，以食其土，可谓灵也已"。于是撰写《柳州罗池庙碑·迎享送神诗》，诗云：

荔子丹兮蕉黄，杂肴蔬兮进侯堂。侯之船兮两旗，度中流兮风泊之，待侯不来兮不知我悲。侯乘驹兮入庙，慰我民兮不嚬以笑。鹅之山兮柳之水，桂树团团兮白石齿齿。侯朝出游兮暮来归，春与猿吟兮秋鹤与飞。北方之人兮为侯是非，千秋万岁兮侯无我违。福我兮寿我，驱厉鬼兮山之左。下无苦湿兮高无干，粳稌充羡兮蛇蛟结蟠。我民报事兮无怠其始，自今兮钦于世世。

诗文声情并茂，韩愈写好后，由沈传师书写，立于罗池庙内。沈传师历任太子校书郎、翰林学士、中书舍人、湖南观察使、尚书右丞、吏部侍郎等职，在书法界名气甚大，与欧阳询、虞世南、褚遂良、柳公权等齐名。只可惜罗池庙碑早已不知所终，只能从后人拓本中体验到其书法中清劲圆润、骨法神健、挺健秀朗、肉藏于筋的气息和精妙。到了南宋嘉定十三年（1220年），地方重新立碑，因首句“荔子丹兮蕉黄”而得名“荔子碑”。荔子碑集合了韩愈文、苏轼书、柳宗元事，故又称“三绝碑”，现藏陈于柳侯祠中。据载，此碑曾折断，后又寻得复合一体。徐霞客在柳州的日记有“西过唐二贤祠，觅拓碑者家，市所拓苏子赡书韩辞二纸”的记载。历代或取拓本以传观，或重刻于石以流布之举，可见人们对此碑的珍视。

世间多惊奇，历史总意外。韩愈未曾到过柳州，却能把柳宗元及柳州写得如此神奇。朱熹未曾到过泗水之地，却在《春日》中把泗水之滨寻春的情景写得淋漓尽致。李白从未上过战场，却有《从军行》“百战沙场碎铁衣，城南已合数重围”这样极其形象的战场描述。范仲淹从未去过岳阳楼，却挥笔写下了千古雄文《岳阳楼记》。欧阳修未曾到过杭州，却为西湖吴山写下了著名的《有美堂记》。美好的事物不一定只是眼前够得着的，来过不如未曾来过，见过不如未曾见过，爱过不如曾经痛过，于无声处也能听惊雷。

古人云：“爱其人者，爱其屋上之乌；憎其人者，憎其储胥。”此话说的是，喜爱一个人，连带也喜爱他房子上的乌鸦；憎恨一个人，连带也憎恨他的仆人婢女。这样的事例，身边甚多。世上那些潭潭池池，一汪汪明澈如镜，有的观瞻者络绎不绝，有的无人问津，也有很多连名字也没有，难道这些籍籍无名的都是无用的吗？而罗池独有美名，那只是凭借着与它有关联的人足以引人敬仰罢了。不然的话，贪泉、盗泉本明亮如镜，清冽爽口，枉受鄙名、污名、恶名罢了，是否盗与贪，关键在人心。因为人本身有了贤名，连带的池水也有了贤名；因为池水有了贤名，连带的地方文脉也都有了可以追寻的靶向和弹跳的高度。为人为官也该如此引领风尚，勿做一方山水的“污垢”。世上人畜禽兽乃至草木万物皆平等，而又有多少像罗池这样，能够幸运地遇到柳宗元、韩愈、苏轼、沈传师等大师呢？

温冷二泉记

从南友高速公路宁明出口溯明江而行，一直往花山风景名胜区走，不足十里光景，紧靠左侧路旁就有两眼山泉：一曰“温泉”，一曰“冷泉”。

世间的冷与热，在这里神迹一般地和合相融，真是上天赐予此地的绝美之作。

温泉就位于沿江公路左侧的一处山坡上。陡立如墙的花山有一支分脉连绵蜿蜒至新龙屯后背山，地势突然平缓，凸起一处土石相间的坡岭，四周围的石头在浅土下慢慢聚拢，其中形成一处能容两三小儿端坐的石穴，清澈的山泉水便从穴底下的出水口涌出，其水暖暖的，水温常年保持在45℃左右。数年前，这里就承包出去了，打造成了温泉度假村，围砌起数十个温泉浴池、泡池和泳池，盖起了几栋钢筋混凝土楼房，温泉别墅、美食餐厅、会议中心等设施应有尽有。据介绍，温水源自200多米深处的古老岩层，原先日流量上千吨，如今温泉度假村很多时候要倚靠抽水才能维持经营。温泉所在的坡岭与花山山体相衔接的部位，一条二级公路横穿而过，通往宁明县城。这么多建筑物重压，又有道路从背后截断山的走势，温泉水在地底下所经过的渠道不知能否像过去那样畅通自如。

继续沿明江行走两三公里，一路地势连绵起伏，高低不平，草树丰茂，山石瘦长。花山在温泉处开始起坡岭，蜿蜒匍匐至木洲屯后突然像地陷一样，形成了一处三四亩低洼地。洼地与坡岭衔接的地方，泉汽氤氲，有人用石头围砌起一个圆形的水坝，七八米见方，山泉水从四五个泉眼奔涌而出，比温泉的水量大三倍以上，这就是冷泉。冷泉水呈深青色，积聚而往上盘旋如浪。有大大小小的石头平铺分布水底，泉流被石坝圈住，溢满后像纺织物的花纹一样，交织着向四周围潺潺而流，舒缓地注入人工泳池里。撩起衣裤涉水，行走三四步，踩着滑滑溜溜的石头，进入石坝围成的小泉池，感觉很奇特，冰冰凉凉的，还有浮萍在温柔地抚摸双足，难以形容其中的玄妙。冷泉所在的洼地，整个地势大致像个剖开的大葫芦，坡岭在四旁围拢起三四米高的天然屏障，泉水汇积在里面，然后从地下窟窿消失。这就是木洲冷泉，夏日水温24℃，冷天则22℃，四时浴泡皆宜。

有人认为这一温一冷两处泉水没有用处，从而不曾敬畏和呵护它。泉在江边，千山竞秀，而江流无穷，碧水滔滔，取水何须冷热泉？《逍遥游》曾有一段惠子与庄子的对话，说的是惠子种出的葫芦太大，用来盛水却因质地太脆而无法提举，切开当瓢又大而平浅容纳不了东西，嫌它草包无用，于是就砸碎了。庄子批评说，宋国有个人世代都以漂洗丝絮为业，且善于制作防止手冻裂的药。有人听说后请求用一百金来买此药方，这人买到药方后就去游说吴王，后被吴王封为将，在冬天跟越国人展开水战，大获全胜，于是得到封侯等奖赏。庄子于是说，一帖防止手冻裂的药方，有人只用于保护家人的双手，有人则靠它得到封赏，这是因为使用方法不同啊。现在你有大葫芦，为什么不把它系在身上作为腰舟而浮游于江湖呢？

一温一冷两处山泉正如惠子的大葫芦，也自有用处。且不说能浴、能泡、能赏光、能经营，单就润滋一方水土并减缓山体石漠化进程，就是件功德无量的事。两泉所在一带，青山绿水，相互萦绕，与低矮的蓝天相接。环看周围，也都是如此美景，让人不知不觉中身心与天地间的浩然之气融化在大自然中。稀松的土质下尽是嶙峋的山石，或如鬼怪潜行，或似猛兽探头。如此贫瘠的地方，却长着茂盛的草木，疏密相间，高低参差，和泉眼的布局一样，好像是造物主的特意安排。

《庄子·齐物论》云："若有真宰，而特不得其眹。可行己信，而不见其形，有情而无形。"这说的是好像有真实的造物主，可是却看不到他，但他创造万物的作用是可信的，人们看不到他是因为他"有情而无形"罢了。造物主无形的手把冷、热二泉布局在明江边上，并赋予冷热相克的古老哲学意味。大自然的伟大和神圣正居于此，处处充满哲思和智慧。《论语》《易经》等古老的典籍，就是来自人类对大自然最朴素的辩证认知。

泉眼后背山的花山岩画，据考是2000多年前的骆越人绘上去的。数千个赭红色的人像物像，组合成各种样式的生动场面，或欢歌狂舞，或行军打仗，或围兽狩猎……形态各异，栩栩如生，千百年来跃然于左江两岸很多乳白色的峭崖壁上，阐述着骆越人对大自然的原始理解和深沉情怀。

关于明江和左江流域的岩画，最早记载为南宋李石所著的《续博物志》："二广深溪石壁上有鬼影，如淡墨画。船人行，以为其祖考，祭之不敢慢。"可以看出，这些岩画淋漓尽致地反映了一个古老民族的祭祀仪式和宗教信仰。承载这些神圣使命的花山，便位于明江耀达河段，因为临江的峭壁上画满古老的岩画而得名。花山，壮语称"岜莱"，壮语"岜"是山的意思，"莱"是花纹的意思，"有花纹的山"故名"花山"。

如今，温、冷泉水溢满后流入明江，带着远古的画卷，向北而去，与从龙州而来的左江（龙州县城至上金乡段又称作"丽江"）在龙州上金乡汇合，之后在崇左市江州区驮怀村与黑水河相汇，再经过崇左市江州区、扶绥县城，流至南宁市，在南宁市西乡塘区宋村的三江口与右江汇聚，向东奔流，先后形成邕江、郁江、浔江、西江、珠江，最终流入大海。古骆越人的船队从明江河段出发，拜祭花山壁崖那些被赋予某种特殊意义的符号，然后横行数千里大江，辗转南疆腹地和南海诸岛。南宋李石所著《续博物志》对此有“船人行，以为其祖考，祭之不敢慢”的描述，说的是骆越人行船经过花山岩画前必须举行祭祀仪式。花山岩画的图像和符号中，有21个渡船图像，这说明2000多年前，生活于斯的骆越人便掌握了造船术。人们为保行船平安，便在花山崖壁上绘制岩画，以便祭祀水神。花山岩画反映的正是骆越人进行宗教祭祀活动的宏大场面。最近考古也发现，花山岩画的一些符号，在南海诸岛礁上也能找到相关文物实物。比如，位于西沙永兴岛西南的甘泉岛，除了有战国、秦汉以来到清朝时期的一些文物，还有西瓯人和骆越人使用过的瓮棺、历代陶器残片，使用这些与我国历代中央王朝有关器物的主人可能是南海最早的居民，他们或许就是粤桂迁去的移民，是中华民族的先民。

温、冷二处清泉，一方江流山脉，一岛一屿，几地方言，残陶片瓦，都是我们传家的宝贝，是一个国家轮廓里活生生的血肉坐标，背负着一个民族深厚的历史烙印。脚下是国也是家。深沉地热爱我们共同开拓的家园吧，让清泉长流、青山永驻，让大地留住记忆和乡愁，就是留住了一方水土生生不息的命脉和尊严！

图书在版编目（CIP）数据

大地之眼 / 又见著. —南宁：广西民族出版社，2023.10

ISBN 978-7-5363-7688-5

Ⅰ.①大… Ⅱ.①又… Ⅲ.①散文集－中国－当代 Ⅳ.①I267

中国版本图书馆CIP数据核字（2023）第071710号

大地之眼

DADI ZHI YAN

又见 著

出 版 人：石朝雄
组稿策划：梁秋芬　陶安宁
责任编辑：邓钰娟　赵学祥
装帧设计：张文昕
责任校对：郑季銮　吴　艳　黄淋冬
责任印制：张东杰
出版发行：广西民族出版社
地址：广西南宁市青秀区桂春路3号　邮编：530028
电话：0771-5523216　传真：0771-5523225
电子邮箱：bws@gxmzbook.com
印　　刷：广西民族印刷包装集团有限公司
规　　格：787毫米×1092毫米　1/32
印　　张：7.5
字　　数：160千
版　　次：2023年10月第1版
印　　次：2024年4月第2次印刷
书　　号：ISBN 978-7-5363-7688-5
定　　价：58.00元